U0024838

天使
穿過你我之間

台北愛情故事

伍臻祥 著

目 錄

但願人長久

我們終日在自私裡打轉，在寂寞中修行，
直到說不清自己的孤獨，
聽不見對方的呼喊，說穿了，
城市其實是讓幾百萬人一起寂寞的地方。

但願人長久

上弦

人生道路上，我們擦肩而過，各自走各自的路，有人成了曾經的風景，有人則相望未來。

每當模樣幹練的小兄弟出現店裡時，就是星期五下午了。年輕人總是穿著「乘風快遞」制服，踩著精神的步伐，逕自走到工作台前，展現派送員慣有的討喜笑容。

不知名的年輕人是舊店主移交的少數老顧客之一，每周固定出現一次，固定買特殊深焙的藍山咖啡豆，半磅，不多也不少。

他們總是客氣地相互點頭，小兄弟取出預備好的大鈔，金額不多也不少，從不需找零。他則遞過備好的咖啡豆子，裝在印了Bella Luna商標的密封厚紙包內，剛好八成滿。兩人的手在工作台上短暫交錯，一手交錢一手交豆，再相互補上個微笑，小夥子即瀟灑離去，像是剛暗中交換了國家機密的情報特務，從未講過隻字片語。

不會是個啞巴吧？老闆不止一次心中納悶，然而搖頭笑自己傻，哪有啞巴去當派送員的道理。

不知不覺地，老闆接下這間義大利文叫「美月」的咖啡店已大半年光景。可是如果你沒來過，問起美月咖啡店在哪，大概沒人知道，因為大夥都習慣叫它的本名Bella Luna。

店是老店，最早開在市場另一頭，老闆沒親眼見過。聽舊店主說最初只不過是個小鋪子，賣她親手烘焙的豆子，順便擺上幾張椅子，讓喜歡嚼舌根的街坊鄰居有個地方歇腿，坐著喝咖啡，順便嚐嚐她研發的糕餅西點。

Bella Luna 名氣越做越響，小鋪子坐不下上門的客人，在街坊們威脅利誘下，舊店主半推半就，十餘年前搬到現在的三角街口上，逐漸發展成現在這個規模。

每天反覆不變的工作細節，是老闆始料未及的，卻也是他渴望的，有著麻痺的療癒效果，在開門做生意和打烊休息之間的十二小時之間，他能暫時忘卻失去所愛的落寞。

剛接手時，舊店主曾問他是否考慮換名，既然他曾打過職業籃球，也許他考慮換個籃球主題的店名。雖然是這麼建議，從她臉上表情可看出，老人家其實在套他的話，她恨不得一切保持原狀。

他笑著讓她安心，他正是衝著店名才決定接手的。

老闆一直喜歡月亮，能讓他想起他的摯愛，帶給他安全感。月亮總是高掛夜空，盤古開天以來就不曾離開，面貌千變萬化，或圓或缺，或明或暗，如同他的內心，或痴或狂，或憐或傲。

成為Bella Luna店長後，他自然對月亮話題更感興趣了。他重新研究了它圓缺背後的天文道理（當學生時學過，但誰記得呢）。做為地球的衛星，月亮繞著地球公轉，與地球的自轉同步進行，永遠用明亮的一面迎向我們；像是沒化妝的仕女不出門見人，月娘也絕不顯露自己的陰暗面。而且每晚上的妝皆不同，在新月、下弦、滿月、上弦之間周而復始變換。

最近老闆甚至有走火入魔之勢，刻意看了一整套關於太陽系的新紀錄片，這是他以前無法想像自己會做的事，也讓小湯開始擔心。

片子裡天文學家講得頭頭是道，原來億萬年前宇宙還在形成之際，當時的太陽系中充滿大爆炸後的各種物質碎片和氣體，在急速旋轉中產生相互重力作用，逐漸匯集出成百上千個原始的行星體，包括地球在內。在某個時間點，某個行星體與地球相互激烈撞擊，像削水果般硬將地球削掉了一大塊，幸好這片大碎塊未被撞得太遠，仍留在地球的重力範圍內，它與軌道上其它碎屑重新匯集成小星體，最後形成了今天的月亮。

老闆看得很感動，逮到機會就和客人分享這個天文大祕密。原來月亮根本是地球的一部分，終極不完美的完美展現，自然最有資格理解地球上每個人的不完美，卻從不出聲批判，只是夜復一夜靜靜地俯看人間百態，包容人心的所有缺陷。

不完美但唯一，這不正是愛情的真諦。

他決定不改店名，店裡月亮主題的裝飾完全保留，但他仍存著些微私心，總不能一點個人特色都沒有吧。於是在工作台後方牆上，他掛上一幅學生時代和打球哥們合照的舊相片，紀念那段純真的歲月。

九點整，老闆拉開Bella Luna面向主街的落地窗簾，翻過玻璃門上的「準備中」牌子，換成「營業中」，新的一天就此展開。

首先報到的人幾乎永遠是小湯。小湯是和老闆一起長大的哥們，書念得最好，球也打得不錯，大學畢業後在證券公司打拼了十五年，等掙夠了過兩輩子的錢，不到四十歲就宣布退休，老闆頂店的錢裡他佔了三成，既是合夥人，也是主要股東，但打死不願參與經營。

小湯離婚後瀟灑「淨身出戶」，名下該給不該給的全留給前妻，用暗槓的錢在附近社區買了間新房，幾乎每天穿著涼鞋來店裡報到，就坐在工作台旁的高腳椅上，盯著電視機看他心愛的NBA球賽。為何他不待在自己家裡，倚著義大利進口的真皮沙發，享受全新五十吋平板大電視，反而要來抑著頭看二十四吋老骨董，是老闆無法理解的一則城市傳奇。

說穿了老闆也不想深究，有個死黨兼合夥人整日陪著，總是窩心的，小湯還堅持自己付咖啡錢，這種好事上哪找？他牢記服務業的第一守則：天上掉下來的好客人，見一個收一個！

小湯並非唯一死黨兼客人，另一個常光顧的哥們叫小劉，一張大餅臉，從小拿「好人卡」，沒半點女人緣，卻是家庭生活最幸福的，開口閉口永遠是寶貝老婆和小孩，只是小劉住得遠些，接近哀樂中年了還得通勤上班養家，自然無法天天來報到。

他們曾同屬一個業餘球隊，從中學開始就一塊在籃球場上混，小湯打中鋒，小劉和老闆打前峰，身體資質和技巧自然都比不上他，長大後大江南北各奔前程，有人少年得志，有人壯年失婚，還有人身敗名裂，搞到英年早逝。只有老闆將年少的興趣一路打成事業，打了近十年，打出一點小名氣，錢倒掙得不多。

說起來都是陳年往事了，如今老闆走在路上，鮮少有人認出他曾是職業球員，他也樂得以Bella Luna店長兼長工自居。

他還曾經有另外更重要的身分，如今人事已非，只剩下身分證拒絕更改的配偶欄，以及無限的回憶。

轉換身分和心境的咖啡人生中，他真正的犯罪夥伴是余聞，店裡唯一請得起的店員。余聞算是台北土生土長，剛滿二十六歲，不肯順爸媽的意搬回南部老家陪他們養老，順便找個好老公嫁，寧可留在大城市裡自生自滅。不久前小湯曾開玩笑，何不將余聞升等，提拔為新的老闆娘，只招來他狠毒的白眼。

對他而言，不可能再有另一位老闆娘了。

如果遲到得如此「準時」算得上是工作表現，老闆真該考慮給余聞加點薪。九點半一到，她果然準時出現，揚起一頭亂髮，從兩位大叔面前飄然而過，年輕的臉龐上洋溢著難以掩飾的嬌笑。

「還真是一分不差啊。」

小湯看著錶，嘆為觀止地說，順便打量余聞妙曼的背影。

「就別看了，看再多眼人也不會變成你的。」

老闆將手沖好的Luna特調從爐架上取下來，先倒一小杯試喝，滿意後再倒滿一杯放在小湯面前，小湯則毫無羞恥心地詭笑。

「世事難料啊。」

「世事的確難料，但有些事絕對是可以預料的。」

即使知道老友在挖苦他，小湯也不以為意。

「她今天看起來不太一樣。」

「怎麼不一樣，根本是一模一樣。」

「什麼意思？」

「衣服都來不及換就來上班了，昨晚肯定沒回家。」

小湯這才瞪大眼睛，像是以為剛發現印度群島的哥倫布。

「那根本沒睡嘛，怎麼還有精神笑得那麼開心。」

「只怕開心不了太久。」

老闆難掩擔心，余聞最近認識了個音樂公司老闆，名字似曾相識，他上網簡單肉搜了一番，果然小有名氣，帶過天后級歌手，人也長得一表人才，與他年齡相仿，看起來卻小了七八歲，有花錢保養真的有差。

可惜音樂公司老闆有個致命缺陷。

「開心不了太久是什麼意思？」

「對方有個致命缺陷。」

「沒錢沒房還是沒幽默感？」

這種時候小湯總喜歡將自己投射成別人的男朋友，他表面上這麼問，其實就是想說，他自己有錢有房還充滿幽默感。

「左手無名指上有婚戒痕跡，但不見婚戒的那種缺陷。」

「噢，那種缺陷啊。」

「對，那種缺陷。」

「也談不上致命吧，這年頭只要兩情相悅，接受遊戲規則，懂得各取所需，活好不黏人……」

小湯還來不及發表完新時代戀愛觀，余聞已換上工作服翩然出現，用圍裙遮住過夜沒換的衣服，重新梳整齊的頭髮綁成馬尾。兩位大叔見狀交換個苦笑。

「余聞，我看妳就留套換洗衣服在店裡吧。」

余聞果然變臉，怒視小湯。

「我的事輪不到你來管。」

余聞轉頭又看了老闆一眼，心裡有數，趕緊去找活幹。

望著她背影老闆不禁暗嘆口氣，不要說小湯沒資格管余聞，他身為如兄長的店主，就有資格管嗎？

此時一個熟悉的倩影悄然出現。高挑清瘦的年輕女子穿著長裙，進門後在固定位子坐下，整個過程吸引住三人注意力。等她坐定後，取出手提包中的筆記型電腦，擺好位置插上電源，才抬頭朝工作台方向望，余聞首先回過神，給她送飲料單和水杯去，片刻後余聞回到老闆身旁，滿臉仍寫著好奇。

「老樣子？」

「老樣子，火腿可頌配熱美式，二分熱牛奶。」

老闆點頭，熟練地拿起點火器點燃酒精爐，將預先磨好的豆子放進容器中，再取出牛奶，準備沖熱美式。他一心三用，同時用眼角餘光看著余聞，從玻璃冷藏櫃中取出火腿可頌來加熱，再偷偷瞄向這位叫小可的客人，發覺她正抬頭望向他，兩人短暫四目相交，老闆趕緊移開目光，重新俯首工作，心中卻不免一陣悸動。

店名雖然仍叫 Bella Luna，以前的客人還是流失了不少，老闆並不特別在意，他用便宜價錢頂下這家店，已經佔了前店主極大便宜，沒道理還期待接收她全部的客人。而且他真怕了某幾位老街坊，喜歡拿他和舊店主相比較，批評他沖的咖啡哪裡不對，應該如何加強，他總是堆起笑臉，耐著性子應付。虛假的客套終究無法持續，日子久了總會被看穿，囉嗦客人也就不再出現了。

這位小可算是他接手後新培養的熟客吧，斷斷續續來了好一陣子，總是坐在那個面對工作台的座位，隨便一抬頭就看清楚他的一舉一動。

「老闆，她又在偷看你了。」

余聞擠到工作台後，斜眼瞄向小可，低聲朝他講話。

「我有什麼好看的？」

「跟我男朋友比，你是差了一截，可是好感很難講，只要看對了眼，蛤蟆都可以變王子。」

「妳說我是蛤蟆？」

「老闆，我只是在比喻，比喻你懂嗎？」

老闆知道余聞在比喻，可是他的自尊心還是小小受傷，好歹他曾是職業籃球員，以前四處比賽時，也是有不少女球迷主動投懷送抱。

「沒大沒小，一派胡言。」

「我才沒在胡言。你看，店裡還這麼空，別人都挑窗邊位子坐，她偏偏選擇坐你對面。」

「那只是巧合。」

「一次兩次也許是巧合，她都來了兩個月了，堅持坐相同位子，怎麼可能是巧合？」

老闆暗吃一驚，余聞的話不無道理。

小湯也興致勃勃地加入討論，老闆沒好氣地瞪他。

「你們兩個在嘰嘰呱呱吵些什麼？」

「有兩個月了？」

「沒你的事，專心看球。」

「今天球賽沒看頭，兩隊勝率都不到五成。」

余聞見有幫手撐腰，更加理直氣壯。

「讓小湯評評理，那女的總是坐在老闆面前，你覺得是巧合嗎？」

「依我多年辦案的經驗……肯定不是！」

余聞得意地向老闆示威，老闆沒話可辯，只能將煮好的美式塞給她，連同加熱過的可頌一併端去給小可，小可堆起笑容致謝。

不確定是否看走眼，或是潛意識將自己的心境投射到小可身上，老闆覺得她臉上閃過一絲哀傷。

他自知不妥，趕緊轉移注意力，招呼其它剛進門的客人。

即便是大熱天，戴著帽子的頭髮被汗水浸濕，鄒杰也絲毫不覺得苦。他以身上這套乘風制服為榮，慶幸自己能找到快遞員的工作，不問出身，不看學歷，最適合他這種從外地來台北討生活的小夥子，而且按件計酬，只要肯苦幹，多載十幾個包裹，多派幾個辦公大樓，就能多掙些獎金寄回家給阿爸阿母用。

除了掙錢，這份工還帶給他快樂，滿足他喜歡助人的性格。每次將包裹交到客人手中，看著他們簽收時，臉上流露出興奮與期待，鄒杰胸中就會湧起一股莫名的滿足，想像自己是送禮物給小孩的聖誕老人。

他從未過過聖誕節，也沒收過聖誕禮物，仔細想想，根本沒人送過他任何東西，如今他天天都像在過聖誕節。

只是好人當久了，難免遇上有苦難言的情況。像是今天出車前，電話客服部的菲菲滿腹心事來找他，菲菲是新來的客服，和他算是同鄉，在公司遇見時總會嬌滴滴地和他打招呼。鄒杰暗中喜歡她好一陣子了，感覺她對自己也有好感，他還在醞釀著約她去看電影的勇氣時，菲菲居然已等不及了。午休時間她主動來找他搭訕，鄒杰一時興奮得腦袋空白，所以當菲菲話題一轉，問起同是派送員的魯蛋，想請他當月老幫她牽線時，鄒杰語無倫次地就答應了。

一言既出駟馬難追的道理鄒杰是懂的，同意幫忙的話既講出口，自然再難吞回去。他其實很認命，誰叫魯蛋是辦公室裡的萬人迷，客服部女同事個個搶著討他歡心，而魯蛋就認他這個兄弟，跟他特別投緣，下工後總拖著他一塊去喝酒。

菲菲明顯比其它女同事多分心思，懂得合縱連橫，從他這裡繞個彎接近魯蛋。鄒杰自知不夠聰明，面對聰明的人總多一分羨慕和崇拜，菲菲的心思證明了自己的眼光，他果然沒看走眼，胸中失落的感覺卻沒因此減少。

送完貨後，他開著小快遞車繞去陳爺爺住的公寓，一手捧著印了Bella Luna的咖啡豆紙袋，另一手還來不及敲門，門板已自動向內拉開，露出陳爺爺滿是皺紋的笑臉，果然像個期待聖誕禮物的老頑童。

「你遲了快十五分鐘……這回見著她人沒？」

陳爺爺搶過裝滿豆子的厚紙袋，湊到鼻孔深深吸一口氣，滿臉盡是陶醉。

「還是沒見著。」

「那今天是誰給你豆子的？」

「同一個人。」

「又是那個男的？」

陳大爺難掩失望，皺著眉，將下回買豆子的錢塞給鄒杰。

「下星期不准再遲到了。」

不等他回話，門板已關上。

如此舉動鄒杰早已習以為常，他知道陳爺爺並非無禮，只是太急著要去沖他剛送來的咖啡豆，他自然不會和老人家一般見識。

打從四個月前送貨到這地址，陳爺爺簽收完，朝他上下打量了好幾眼，看出他是個樂於助人的好青年，又灌了他幾句迷湯，鄒杰當場決定奉陳爺爺為自己祖宗伺候，而且爺爺提出的要求不過舉手之勞，每周五繞去一家咖啡店替他買豆子，這種簡單差事與他的工作相比，根本像在玩遊戲，他自然一口答應，開始每周跑腿。

鄒杰心中也不是沒犯過嘀咕，他懷疑爺爺是不是得了什麼病，還是家裡有誰身體不適，需要煮這些豆子當補藥喝，才會顯得如此焦急。他牢記阿爸的耳提面命，出門在外要把握機會，埋頭苦幹，少論人是非，更不要探聽他人的隱私。

新月

老闆耐住性子，看著小湯和余聞在外窗上貼海報，余聞顯得拿不定主意，不斷指揮舉著海報的小湯微調位置，一會高一點，一會又左一點，搞得小湯滿頭大汗。

從咖啡店內望出去，老闆覺得海報還是擺高了，但他不在意這些枝微末節，他只想讓街坊鄰居們知道，新的Bella Luna有新的睦鄰活動，將在中秋夜辦個烤肉派對，邀請無法回鄉的遊子一塊過節。

他假裝不經意地轉頭，瞥見那個小可，安靜地坐在離他不到五公尺的固定位子上，聚精會神盯著眼前的筆記型電腦，十隻手指不時在鍵盤上敲敲打打，胸口則隨著情緒波動上下起伏。老闆趁這寶貴的空檔仔細打量小可，對她有股若有似無的熟悉感，卻說不出在哪見過她。

突然間小可抬起頭，又朝他望來，老闆及時避開她的目光，低頭埋進自己的筆電。螢幕上是篇關於月亮的新網路文章，他一時無處可躲，只得心虛地將文章再讀一遍，將時間混過去。

重讀這篇文章，並無法減低他的沮喪感，因為美國人剛剛證實了，地球居然有第二個月亮，圍著它繞圈圈。嚴格說來那只是一塊隕石，約三十六公尺寬，九十一公尺長的細長石塊，保持在距離地球四百萬到一千四百萬公里之外，繞地球公轉一周需要百年之久。

但不管離多遠或轉多久，地球就是莫名其妙添了第二顆衛星，多了百年一回的相遇，而「美月」獨一無二的正宮地位也就這麼被侵犯了。

「你猜她在寫什麼，小說還是劇本，個把小時都沒停過？」

小湯從背後發聲，老闆雖沒被嚇著，忍不住抬頭檢查小可，她仍保持著先前的姿勢和專注，眼中充滿感情。

「你這叫成見。」

小湯挑眉，顯得不以為然。

「我怎麼有成見來著？」

「好，也許談不上成見，但絕對是刻板印象，不是每個泡咖啡店的人都是來爬格子的。」

「那你倒說說看，除了作家，誰會每天無所事事來這報到？」

「眼前不就有一位，我可從沒見你寫過一個字。」

對老闆的消遣小湯早已習慣，他充耳不聞，連自嘲也省了，反而皺起眉頭。

「幹嘛，生氣了？」

「你不覺得她有些眼熟嗎？」

同樣的念頭早在腦中縈繞多時，但老闆不打算讓別人看穿他心思。

「任何人見了兩個月，自然都眼熟。」

「不是……肯定不是最近的事。」

小湯嘴硬，卻也不再堅持己見，他搶過老闆的筆電，開始讀他每日的精神食糧：網路八卦。

老闆正樂得可以安靜個三五分鐘，小湯又開口了。

「這則新聞有夠搞笑，加拿大出了個白痴，想聽嗎？」

「不想。」

說了等於沒說，不想就是想，小湯開始讀文章內容。

「加拿大男子為自己和女朋友買好了環球機票，出發前卻被女友甩了，機票又是不可退費的便宜票，於是男子只得透過網路，徵求與前女友同名同姓的旅遊夥伴，陪他一塊環遊世界……」

老闆假裝忙他的事，卻忍不住聽得津津有味，這世上果然不缺痴情傻漢。

「結果呢？」

「結果消息越傳越廣，眾多女同胞回應了他的網路啟事，每個人都有悲慘身世，不然就是帶著感人故事，害得這白痴不得不另外籌錢，好一圓每位應徵者的旅行夢，他自己則帶著一個當志工的女孩踏上旅程。」

只見小可突然起身朝洗手間走去，老闆臉色立變，小湯見狀好奇抬頭，也發現小可離座，兩個死黨很有默契地互望，心有靈犀不點也通。

「我把風，你行動。」

老闆果決地點頭，迅速從冷藏櫃裡取出剛做好的蛋糕，切了一塊用小瓷盤盛著，鼓起勇氣端到小可座位上，順勢偷瞄她的筆電螢幕，可惜螢幕是暗著的，鍵盤上則擺著一張紙片，密密麻麻寫滿小字，其中有幾個關鍵詞跳出來，特別刺眼，像是「愛」、「想念」、「夢見你」。

老闆做賊心虛，只瞄了幾行字趕緊轉身回頭，幾乎和小可撞個正著，她及時扶住椅背才沒跌倒，他則趕緊收回摟住她的腰的手，老闆強作鎮定，小可則對他露出靦腆的笑容。

「找我有事嗎？」

「沒事，沒事。」

老闆指向小桌上瓷盤裝著的蛋糕，一邊扯謊，一邊瞪向小湯。

「剛出爐的，想請妳嚐嚐。」

這時余聞也出現在工作台，剛好目睹小湯向老闆擠眉弄眼，責備他沒聽見他的暗號。老闆確定沒將小可撞傷，再度向她道歉，才狼狽地退回基地，小湯趕緊迎上去，余聞也跟著湊熱鬧。

「怎麼樣，有何發現？」

老闆望著小湯難以啟齒，腦中盡是偷瞄到的幾個關鍵詞，以及字裡行間流露的情感，耳根不禁發熱。

余聞冰雪聰明，一秒之內即識破兩個大叔的把戲。

「老闆，她到底寫了什麼？」

「我如果沒猜錯，她正在寫情書。」

此話一出，老闆難為情地低下頭，余聞和小湯則大樂，但兩人笑容旋即僵在臉上，因為小可再度起身，正面朝著三人走來，小湯趕緊假裝看球賽，余聞則轉身開始洗水杯。

小可來到台前，掏出錢包準備付錢。

「蛋糕很好吃，多少錢？」

「說過了店裡招待，不用錢。」

講完場面話，老闆突然語塞，不知該接何話題。小可則用淺笑代替感謝，付了咖啡錢，眼神未曾離開過老闆的臉。

「你還打球嗎？」

老闆頓時鬆口氣，籃球是他可以應付的話題，小湯卻搶在他之前回話。

「他啊，退休後人就懶了，怎麼叫都叫不動。」

「那你呢？」

「我？我還常去鬥牛，身手毫無退化的跡象。」

見豬隊友如此自吹牛皮，老闆只能瞪眼苦笑。

「妳是小可吧，可以叫我小湯。」

「小湯……你覺得今年NBA哪一隊最有冠軍相？」

「噢，原來妳也看球？」

「以前常看，現在看得少了……我今年仍看好勇士，塞爾提克也有機會。」

「我本來支持勇士，可惜……」

「我知道，失誤太多了。」

小可和小湯同時搖頭，顯得不勝唏噓，幾句籃球經就將距離拉近了，老闆在一旁當壁紙，只能眼睜睜看著小湯把妹。

「歡迎隨時過來坐吧台，咱們可以一塊看球，我整天都泡在這……」

小可苦笑不答，轉頭深深望了老闆一眼才離去，小湯見狀仍不放棄，朝她背後猛喊。

「我可不是窮作家，我炒股票賺了很多錢！」

小可沒再回頭，反而余聞狠狠瞪著小湯。

「你真是全天下男人的恥辱。」

「妳老闆才是男人的恥辱，要罵就罵他。」

「你想泡妞甘我屁事？」

「別人擺明一片痴心，卻換來你的無動於衷，我只不過是想讓她心裡好過些。」

小湯的話如針一般刺著老闆，他並不想辜負任何人的好意，但現在的他無法再接受任何感情，反倒是余聞思緒保持清晰。

「對了，她怎麼會知道你打籃球？」

老闆回神過來，面露不解，旋即想通原委，指了指背後牆上掛的舊照片。

發黃舊照中，包括老闆和小湯在內，眾球員們或立或蹲排成兩排，都顯得青春洋溢，躍躍欲試，大把大把青春像是ATM吐出的免費鈔票，等著他們去浪擲揮霍。

店門的鈴聲響起，快遞派送小兄弟再度現身，老闆向他點頭致意，心想又是星期五了。

新一包咖啡豆到手後，鄒杰才意外發覺送貨車裡仍堆著包裹，有十幾個中秋禮盒尚未送完。他感到自責，整日的失魂落魄終於影響到工作品質。他一向都是等到當天工作結束後，才去幫陳爺爺跑腿，如此就不算佔用上班時間處理私事，即使沒人在意或打他小報告，他決定嚴守這規矩，因為天知地知他知，如今這規矩卻被自己打破了。

其實鄒杰內心如此糾結，是不想給自己藉口，不想將心不在焉怪罪給菲菲或魯蛋。自從他大方地答應幫忙牽線後，內心仰慕魯蛋的菲菲已成功與魯蛋見了面，還一塊出去吃過兩次飯，一次約在麥當勞，第二次魯蛋去宿舍接她，然後去了肯德基，都是魯蛋付錢，這等於兩人已正式開始約會。一想到此事，鄒杰就老大不開心，整日頭重腳輕，了無生趣。他應該替兩人高興才對，可是只有他的嘴巴肯配合，內心則在淌血。

比兩次正式約會更令他傷神的是，魯蛋並不真心喜歡菲菲，私下嫌她土氣，不懂得陪他玩網遊，但又覺得身邊帶著一個還算漂亮的女孩，在派送員之間很有面子。鄒杰忍不住擔心，魯蛋遲早會做出傷害菲菲的事，這念頭讓他更加難受，如果傷了菲菲的心，他至少要負一半責任。

補送完最後一批貨後，他提起精神來到陳爺爺公寓樓下，剛鎖好小貨車即禍從天降，他一時恍神，轉身時被騎著玩具三輪車的小男孩迎面撞上，自己跌個四腳朝天不打緊，手中的咖啡豆袋直接掉落地上，紙袋封口頓時裂開，香噴噴的豆子灑了一地。

鄒杰還沒回神，有位路過的大叔已主動撿起地上的豆子，如同陳爺爺般湊到鼻孔聞了又聞，然後宣布是從藍山進口的。

「什麼是藍山？」

「就是藍色的山，牙買加來的。」

他聽得半信半疑，藍色的山怎麼會生出黑色的豆子？

「這豆子藥局買得到嗎？」

「你摔暈了不成，藥局怎麼會有咖啡豆？」

果然不是一般的寶貝，鄒杰心中暗驚，連藥局都買不到。

「大叔，那我得去哪買？」

「要買當然得去咖啡店。」

鄒杰連忙感謝大叔，同時想起附近還有一家咖啡店，他心生一計，決定拿著原包裝袋去試運氣，居然真給他買到也叫藍山的豆子。

遲到了近一個小時，鄒杰無可避免又被陳爺爺念了十幾句才放他走，他見爺爺沒起疑，當下鬆了口氣，趕緊調頭走人，可惜才走兩步，背後的門板再度打開。

「等等！」

鄒杰硬著頭皮轉身，不等陳爺爺開口，就沉不住氣全招了，陳爺爺耐著性子聽完。

「現在豆子呢？」

「哪些豆子？」

「我的Bella Luna豆子，你怎麼處理了？」

「全留在那家店了……我想反正是一樣的豆子，藥性應該差不多，買了新的舊的就不必留了。」

只見大爺鐵青著臉更加陰沉。

「唉，當初就是看中你單純老實，不會自己動腦筋胡思亂想，照著我的話做就對了。」

鄒杰感到一陣委屈，忍不住提出抗議。

「爺爺之前不是這麼說的。」

「我之前怎麼說？」

「你說第一眼見到我，就知道我心地善良助人為樂。」

陳大爺忍俊不住，重新露出笑容。

「你是好人沒錯，只可惜沒長腦子……進來吧。」

「公司有規定，非必要不得踏進顧客家中。」

「你還在上班嗎？」

「我下班了。」

「那還管公司規定幹嘛？」

鄒杰想想也對，沒料到自己因禍得福，頭一回踏進陳爺爺家，他好奇地左右打量，驚訝發現小公寓內一片凌亂，塞滿各種老舊雜物，和他和魯蛋住的破公寓不分上下。

「爺爺，您不會是一個人住吧？」

「我老婆走了很多年了。」

陳爺爺指揮鄒杰移開舊書報，隨便空出個地方坐，他消失片刻後端出兩杯剛沖好的咖啡來。

「我早該這麼做，讓你嚐嚐看替我買的藍山豆是什麼滋味。」

「這也沒什麼，藍山咖啡到處都有，我在附近小店就買到了。」

「你有沒有想過，既然附近就買得到，我幹嘛要你大老遠去買Bella Luna的藍山豆？」

鄒杰被問得語塞，他沒想過這問題。

「那是因為烘焙方法不同，Bella Luna老闆娘知道我的癖好，喜歡豆子烘得焦一些，多一秒少一秒都不行，不信你喝喝看。」

鄒杰順從地端起杯子，他怕燙只敢小啜一口，除了苦味什麼都喝不出來。

「喝出來了沒？」

鄒杰忍不住搖頭，爺爺難掩失望。

「大概是還缺了一味，難怪你喝不出來。」

「還缺一味？」

「這咖啡背後有故事的，你想聽嗎？」

鄒杰興奮點頭，與其回家見到魯蛋心煩，還不如陪老人家殺時間。出乎意料地，陳爺爺的故事居然和Bella Luna老闆娘有關。

他從客廳舊櫃子中取出舊相本，翻開其中一頁，然後指著一張暈黃的黑白照片，照片中年輕女子顯得嬌魅而迷人。

「她叫梅芳，全名是李梅芳，你買的豆子正是她烘的。」

「你怎麼知道是她？」

「我喝得出來，那味道只有她會烘，四十年來都沒變過。」

大爺臉上浮現一種幸福的表情。

「四十年？」

算起來這位李梅芳也是阿嬤級了，鄒杰心中暗忖，可惜他未親眼見過她。

「既然你是她的老顧客，幹嘛不自己去買豆子，順便可以敘敘舊。」

「我不行去。」

「怎麼不行？我看你身子還很硬朗。」

陳爺爺眉頭一皺，流露出苦澀的表情，看起來比他煮的咖啡還苦。

「不是這問題……我不敢再見到她。」

鄒杰以為自己聽錯了。

「你不肯還是不敢？」

「不敢。」

鄒杰突然想起自己對菲菲的異樣感受。

「難道……你害羞？」

這句話似乎問到大爺痛處，他放下咖啡杯，陷入沉思。

「你喜歡過她？」

「何止是喜歡，我們差點做了夫妻，怎麼會不喜歡？那時候我還在學校念書，年紀和你差不多，她已經在開店掙錢，她爸爸嫌我家太窮，安排讓她許給了個地主的兒子，而且還是我的朋友。」

「她嫁給了你的朋友？這也太慘了。」

「是啊，你可以想像我的處境。我徹底心碎了，再沒去過她店裡。」

鄒杰不禁想到自己，遭遇居然和老人有幾分相似。朋友妻不可戲，他完全理解大爺的無奈。

「你從此再沒見過她？」

「見是見過，也就那麼一面，在她先生的喪禮上，我遠遠看見她，她似乎也認出了我，但那種場合不方便說什麼。」

「所以你並不清楚，她是不是還記得你。」

「她記得，這一點我很確定。」

鄒杰腦筋一時轉不過來，然後想起陳爺爺拿到咖啡豆的興奮表情。

「她一直記得你喜歡的咖啡口味，所以這些年來，一直烘好同樣的豆子，等著你去買。」

「你終於開竅了。」

「真可惜，我還沒親眼見到她本人。」

「梅芳只比我小兩歲，年紀也大了，總不能整天在店裡忙吧。」

說的也是，鄒杰暗想，可是一次都沒遇見，實在太不巧了。

「其實我就一個人，一個星期哪喝得了這麼多咖啡，我櫥子裡還放了好幾月的分量。」

這句話又讓鄒杰發傻了。

「可以喝完再買啊。」

「我想知道她人還好好的，只要咖啡豆的味道沒變，我就放心了。」

這下鄒杰總算聽明白，陳爺爺每周五企盼著豆子，除了那熟悉的味道，他更在乎舊愛還安好活著。

「爺爺你放心，我絕不會再買錯豆子！」

陳爺爺欣慰地點頭，眼神中滿是對舊愛的思念，轉眼又黯淡下來。

「有時候我想，我老婆就是被這豆子氣死的。」

「難道她知道咖啡豆的祕密？」

「我從來沒提，但我猜她知道……每次我煮咖啡時，她總會用受傷的表情看著我，她什麼也沒講，但她清楚我心中一直還有個人。」

下弦

離中秋節還有十天，結束忙碌的一周後，余聞仍神采奕奕，絲毫不見倦意，拖地板時甚至將拖把當成舞伴，在桌椅之間翩然起舞，老闆在一旁不禁看傻了。他相信余聞的喜悅源自那顆小鑽戒，從兩天前開始套在她的右手無名指上，余聞大方展示給店內進出的所有人看，每個人也都很配合地提高聲調，表情誇張地向準新娘道賀，詢問何時吃她喜酒，余聞則回答快了快了。

唯獨老闆沒問這問題，他知道別人不知道的真相，鑽戒只能算是訂金，音樂公司老闆尚未正式求婚，他家裡仍然有個老婆。

擔心歸擔心，老闆忍住講掃興話的衝動，他試著說服自己，是他自己心中有魔，見不得他人好，或許余聞真是世間極少數的幸運兒；灰姑娘的玻璃鞋既不會裂，南瓜馬車也不會垮，她的多金王子就是此生真愛，願意為她做出重大犧牲，而且肯一直做下去。

短短幾年前，他也曾屬於稀有的幸運一族，他和妻子的戀情雖不如余聞般戲劇化，卻也算是一見鍾情。他們相識於一場演唱會，交往不到半年即結婚。或許因為兩人年紀都不小了，而且妻子有過一段短暫而痛苦的婚姻，藝術家性格並未掩蓋她的實際面，她堅信婚姻幸不幸福和結婚隆不隆重毫無干係，於是婚禮一切從簡，他也樂得配合，決定用婚後的每一天證明妻子的信仰。

他戒菸戒酒，對妻子百依百順，他們試著生小孩卻一直沒動靜，到大醫院做完檢查才得知他們無緣當父母。

他還清晰記得，醫生解釋檢查報告結果時妻子臉上的表情，像是被宣判了死刑，當下老闆隱約就有種預感，天堂之日結束了，接下來只剩下等待。

春夢了無痕，徒留一陣惘然；天堂永遠守在那裡，只是暫住的過客先退房了。重新恢復一個人後，老闆曾自暴自棄，無法忍受獨自一人，他終夜流連酒吧，求認同求陪伴求麻痺，半夜三點開始問陌生人什麼是愛。他隨意找人上床，卻只是將已枯萎的心蹂躪得更加不堪，直到Bella Luna店主提出他無法拒絕的提議。他自知他必須接下這家店，這是他最後的救贖。

過去大半年他心如止水，肢體的勞動取代了心智的永無安寧，正當他覺得開始掌握了訣竅，可以成功掩飾軀殼內的那具行屍走肉時，小可卻出現了。

老闆不確定是何原因，自己逐漸被這位神祕的常客吸引，幾天沒見著人開始企盼她的身影。

小可談不上驚為天人，然而最近小湯一聊起她，總是不斷重複這形容詞。

老闆不禁苦笑，難道是她奇怪的舉止吸引了他？他嘗試自問，每隔幾天見她現身店裡，倔強地坐在他正對面，若有似無地看著他忙碌，他的好奇開始被習慣取代，習慣有她在身邊，這種習慣性像周而復始的開店關店一般，帶給他可預期的平靜感。

小湯仍為自己的洞燭機先自豪不已，彷彿將小可手到擒來只是時間問題，老闆則一笑置之，只是現在笑容中夾著一絲不自然。

「要做白日夢可不可以回家做，少在這裡擾人清靜。」

余聞終於看不下去，主動要小湯閉嘴。如果有誰能洞察老闆內心的幽微變化，肯定只有余聞了，老闆則仍舊假裝無動於衷。

「我小湯是礙著誰啦？我可沒見到有人提出客訴。」

「他們敢怒不敢言，我在替大夥發出正義的怒吼！」

「自己釣到了金龜婿，就見不得別人仍在為真愛奮鬥嗎？」

「你們扯到哪去了？少說兩句。」

老闆不等情況失控趕緊介入，可是余聞已動了火。

「你這叫意淫，耍嘴皮子自得其樂，若真有本事就動手去追啊。」

「我怎麼沒本事了？不到四十歲就掙夠兩輩子也花不完的錢，這叫沒本事？總得先知道如何聯絡她吧？等人出現問清楚了，我就正式展開行動。」

小湯的話觸動了老闆思緒，小可已超過一周沒出現，他不禁自問，是否上回偷瞄她的筆電踩到了紅線，嚇得人家不敢再來。

「我就等著看你向她要手機號碼，然後展開你偉大的追求計劃。」店休一日後，小可重新現身了，從她進店門那刻起，老闆的心就不再平靜，余聞擺出一副準備看好戲的模樣，等著小湯出洋相，結果反而男主角到中午都未現身。

「該不會臨時怯場不敢來了吧？」

余聞壓低聲音和老闆討論，語氣中夾著得意。

「他又不知道小可在這，從何怯場起？」

「那你呢，你也怯場？」

突如其來的挑戰讓老闆招架不住。

「妳怎麼也學小湯胡言亂語？沒事幹去幫我烘豆子，別在這瞎起鬨。」

「真的不去問？好，你不去我去。」

余聞煞有其事地拿起進貨單的夾板，扯下幾張單據翻過來，重新夾好，再拿起筆逕自朝小可走過去，老闆阻止不及，只能看她要啥把戲。只見余聞走到小可身旁，堆起職業笑容親切地與她交談，小可不時點點頭，余聞則在木夾板上振筆疾書，寫完字兩人又交談幾句，余聞才滿意地轉頭走回工作台，小可不忘深深看了老闆一眼。

一時之間老闆被看得渾身不自在，像是內心祕密全攤在小可眼前。余聞則重重將木夾板放在工作台上，露出勝利的笑容。

「小可說她同事生病，她得幫忙代班，所以一陣子沒來。」

老闆知道事情沒這麼簡單。

「妳還幹了什麼事？」

「自己看。」

夾板的空白紙上寫著電郵地址和手機號碼，老闆開始不安。

「Bella Luna 準備做會員集點卡，要收集顧客的聯絡資料。」

「她相信這種鬼話？」

「大概不信，所以問我是幫誰要的。」

「妳說誰？」

「自然不是幫只會打嘴炮的小湯……你看著辦吧，我去烘豆子了。」

這一驚非同小可，兩分鐘之內余聞就這樣把他出賣了。等她消失後，老闆更加不知所措，只能低著頭假裝做事，每個熟悉的動作卻做得極為彆扭，等他再抬頭時小可已起身朝他走來，手中拿著張對折的信紙，他內心天人交戰，她則滿腹心事，卻不知如何開口。

「有件難為情的事……有點難啟齒，但這件事只有你能幫忙。」

「我？」

小可點頭，看著手中折好的信欲言又止，老闆的好奇頓時轉成為難。

「是關於這個……這是一封信，我想……」

「請不要再往下說。」

「啊？」

「請不要說了，免得我讓妳失望。」

「讓我失望？」

老闆鼓起勇氣，該是把話講清楚的時候。

「小可，妳有這種想法我很感動，可是我無法配合。」

「你知道我想說什麼？」

老闆吃力地點頭。

「妳來了這麼多次了，又總坐在相同的位子，我想我終於瞭解了。」

「原來你已猜到了……」

「我必須跟妳說聲抱歉。」

「為什麼呢？」

「我有我的理由，總之我做不到。」

「是這樣嗎……那我就不勉強了。」

小可難掩失望，緩慢地將信塞回長裙口袋，取出咖啡錢放在工作台上，再深呼吸給自己打氣。

「好的，會沒事的……給你添麻煩了，再見。」

看著小可落單的身影，老闆突然理解為何會被她吸引，她將整個人包裹在層層寂寞中，從她身上他看見了自己。他不禁怒火上升，這回余聞的玩笑開太大了，少掉一個顧客事小，傷了一顆脆弱的心是他無法接受的。

顧不得前場沒人看守，老闆衝到烘豆間找余聞算帳，卻見她坐在烘豆機旁，正低頭看著右手無名指上的鑽戒，裝咖啡豆的麻袋根本沒拆封。

老闆見狀更加火氣，忍不住吼出聲。

「妳今天過分了，妳真以為每個人都像妳一樣，活在童話世界裡？」

余聞嚇了一跳，猛然抬頭，老闆這才看清她眼中含著淚水。

余聞說不出話只是搖頭，老闆的心向下沉，怒氣已消失無蹤。

「出了什麼事？」

「是不是他跟妳說了什麼？」

兩行淚順著她的臉頰流下，匯集在下巴，再滴到麻袋上。

「對不起，我只是不忍心，看你總是一個人……」

「他到底說了什麼？」

「他說……他無法簽字離婚，他要和妻子再試一次，然後帶她去二度蜜月。」

老闆蹲下身來，任由余聞抱住他痛哭，用自己不相信的話安慰她。

「哭完就沒事了。」

「然後呢？」

「然後就笑得出來了。」

他感到一陣內疚，懷疑正是自己不再相信愛詛咒了余聞，是他潛意識要將所有人拖下水，和他一起受苦。

「如果一直不開心呢？」

「那就學我，等開心了再笑。」

余聞反而哭得更大聲，久久才伸手摸摸他臉頰，大概是對他的努力表達謝意，老闆趁機開始耍寶，他誇大地吸氣再吐氣，重複耍了兩次後，余聞才開始跟著照做，兩人一起深呼吸，淚人終於破涕為笑。

老闆讓余聞休一天假，她卻沒窩在家裡療傷，反而跑去多金公子的辦公室，將鑽戒扔在接待員桌上，二話不說調頭就走，隔天上班時已恢復正常，老闆看在眼裡反而更加心疼，他寧可余聞脾氣別這麼倔，不要硬裝出堅強的外表，因為她騙不了關心她的人。

走出挫敗的第一步是先承認挫敗，好好許自己一次脆弱。

小可一直沒上門，老闆開始覺得再也見不到她了。小湯則完美地保持在狀況外，一副摩拳擦掌，準備轟轟烈烈談場戀愛的架勢，老闆沒精神去澆他冷水。他的心情一天比一天沉重，想起小可臨去前也刻意裝出的勇敢模樣，想掩飾巨大的失望和哀傷，可惜愛情是無法強求的，有情人都無法長久相守，那又何必重新開始呢？

打烊前，固定來買豆子的鄒杰突然出現，讓老闆頗為意外，因為今天還不是周五。

鄒杰進門時扶著一個狼狽的青年，上班族模樣，領帶歪斜扭曲，白襯衫染了血，西裝褲上開了大口子，露出整隻大腿，磨破的膝蓋流著血。余聞率先迎上去，從鄒杰手中接過受傷的年輕人，安排讓他坐在靠窗沙發座，迅速找出急救箱來為他清理傷口，然後塗藥包紮。她的效率和專注讓老闆印象深刻。

所有事都給余聞做完了，鄒杰只能站在一旁乾瞪眼，老闆向他招手，鄒杰趕緊來到工作台邊。

「這是怎麼回事？」

「來的路上，在小巷裡發現的，應該是剛給人搶了。」

「怎麼提早一天來了，豆子還沒烘呢。」

「不急，不急，我明天再來一趟。」

老闆看出鄒杰欲言又止，剛好店裡已沒客人，倒楣的年輕人又有余聞看著，他決定和這派送員多聊兩句。

「今晚過來有別的事？」

「送完貨了，剛好在附近就過來坐坐。」

「那我請你喝杯咖啡，你喝了不會睡不著覺吧？」

鄒杰沒料到老闆如此大方，略微羞澀地點頭。

「我沒事，倒頭就能睡。」

「平常喜歡喝啥口味？」

「我不挑，你決定。」

老闆點頭，為他和另一個年輕人各沖了基本款Luna特調，余聞很有默契地端走一杯。

「他沒事了？」

三人一起轉頭打量靠在窗邊的年輕人，正在閉目休息。

「讓他睡一陣子吧。」

「好，我來關門。」

余聞打了個哈欠，脫下圍裙交給老闆。

「嗯，我先回去了，明天見。」

「明天見。」

鄒杰默默看著兩人互動，用雙手端起咖啡杯，靠到嘴旁邊吹邊啜，一看就是外行人。

「讓我猜猜看，藍山豆子你是替別人買的，對吧？」

「一位陳爺爺，你認識他？」

老闆搖頭，舊店主沒提起這號人物。

「我半年多前才頂下這家店的。」

簡單一句話似乎引發了鄒杰的無限興趣，一雙小眼睛開始發亮。

「原來的老闆娘……還烘豆子嗎？」

「她把店面讓給了我，自然就不烘了。」
「不烘了，那我買的豆子呢？」
「你的豆子我都親自來，這味道可刁的，要遵照特殊方法才能烘到位，都烘十二分鐘半，多一秒少一秒都不行，每周四晚上準備一次。」
「所以，她教你用這種特殊烘法……」
老闆的表情頓時黯然下來，鄒杰見他變臉，也跟著變臉。
「我說錯話了？」
「沒有，你沒說錯話，教我烘豆子的人已經不在了。」
「她過世了？」
「小兄弟，這是怎麼回事，這位陳爺爺到底是誰？」
「其實我也是幾天前才知道真相。」
他啜著咖啡，將爺爺和梅芳年輕時的愛情故事重新講了遍，老闆聽得津津有味，受傷年輕人的鼾聲絲毫沒干擾他們。
「他們再也沒見過面，或說過話？」
「應該沒有。」
老闆感到不可思議，即使世間有再多的傷心人，依然有如此愛好事物存在。
「好美的往事！」

「我頭一回聽完也這麼想。」

「靠著咖啡豆，傳遞著近半世紀的關懷和思念，真想不到……」

老闆感到無限唏噓，沒有終點的愛情不停複製，重複發生在不同人身上。他忍不住轉頭望了受傷年輕人一眼，或許他也背負著屬於他的傷心吧。

「什麼事想不到？」

「想不到我岳母年輕時，有過這麼一段刻骨的感情。」

「李婆婆是你岳母？」

「就是她做不動了，我才答應接下這間店的。」

鄒杰滿臉驚訝，很快又被擔心取代。

「這下可慘了，陳爺爺若知道李婆婆不在人世了，一定會非常難過的。」

老闆望著眼前單純的年輕人，突然有了個主意。

「也許我們不該讓他知道。」

「你要我瞞住他，讓他以為豆子還是婆婆親手烘的？」

「也不是要一直瞞下去，我只是想，也許還有更好的方法讓他知道真相……」

「更好的方法？」

「嗯，讓這段緣分有個完美結局。」

鄒杰滿臉困惑，仍熱切地點頭，他已決定將老闆視為大哥，對他唯命是從。

送走鄒杰後，老闆展開打烊的準備工作，腦中仍不停想像岳母年輕時是何等迷人模樣，能讓一個男人終身為她魂繫夢牽。

窗邊年輕人被清洗咖啡杯的聲音吵醒，似乎搞不清自己怎麼會出現在Bella Luna中。他坐起身整理衣裝，重新打好領帶，才起身拖著受傷的腿來到工作台前，向老闆露出靦腆的笑容。

他三十出頭，睡了一覺後恢復了精神，看起來相貌堂堂。老闆為他再換了杯新煮好的咖啡，年輕人顯出為難神色。

「喝不下了？」

「我身上沒半毛錢。」

「我知道，你被人搶了。」

年輕人換上更酸苦的表情。意外得知岳母的陳年祕辛後，老闆心情大好，自然不介意再聽另個人的故事。

「那簡單，用你的故事來換這杯咖啡如何？」

年輕人再度苦笑。

「這個交易我還做得來。」

等彭云交代完他過去半個月的一連串衰事，已經又喝了三杯咖啡。

劫難開始於一次再單純不過的接女友下班。彭云任職廣告公司，原本有個重要的客戶提案，沒時間去機場接空姐女友回國，不料提案會議臨時改期，他突然空出時間來，決定趕去機場給女友一個驚喜，除此之外他還安排了更大的驚喜，準備帶她去浪漫的馬爾地夫度假，順便向她求婚。

結果就在航廈外等人時，他目睹女友穿著制服提著行李箱出現，與一名外國機師親熱互摟著，先後登上等候的專車。彭云強忍著羞憤，開車一路跟去了高級酒店，三個小時後看著女友和機師重新出現在酒店門口。他一時怒火攻心，開著車踩足油門朝兩人衝過去，結果人還沒撞著，先被其它車攔腰撞上，在醫院躺了一個多星期。

出院後，彭云負責的廣告客戶給代班的人搶走，而且客戶對新人表現更滿意，他見上司無心挺他，只能選擇憤而辭職。

就在此時，從未去醫院探視他的女友突然回心轉意，打算再跟他走下去，可是一聽說他沒工作了，又二話不說走人。

「這一切還不是最慘的……」

「連被甩兩次還不夠慘？」

「她其實是被機師玩膩了，才回過頭來找我。」

「嗚，這根本是二度傷害。」

「可不是嘛……而且事情還沒完呢。」

老闆將冰櫃中剩下的幾片蛋糕放到彭云面前。

「繼續說。」

遭到感情和事業雙重的重擊，彭云萬念俱灰了無生趣，決定自殺一了百了，但就連求死也不順利，他站在陸橋上準備往下跳時，一群流浪漢將他團團圍住，要求他將身上衣褲、鞋子、手錶等值錢東西先留給他們，等跳下去就來不及要了，逼得他只好放棄自殺，認命回家。

「結果就在回家路上，給這拿刀的老兄撞個正著，說他失業大半年了，家裡有老有小，眼看就要斷糧，中秋節又快到了，他說什麼得帶點吃的回去……老實說，我還挺同情他的。」

「你幾個小時前，本來要自殺的？」

「是啊。」

聽到這裡老闆只能搖頭。

「老闆，你旅行嗎？」

彭云不等他回答，從西裝褲口袋摸出兩張機票，放到他面前。

「那老兄什麼都拿了，連我父親留給我的手錶都不放過，就這兩張馬爾地夫來回機票沒帶走。」

「機票？」

「反正我用不著了，你有興趣就改個名字帶老婆去度假吧。」

居然這麼巧，老闆想起小湯前幾天念過的新聞。

「謝謝你告訴我你發生的事，現在輪我講個故事給你聽。」

彭云吃著剩下的蛋糕，不置可否地聳聳肩，聽老闆講加拿大失戀男尋找與未婚妻同名的旅行夥伴的奇聞，彭云越聽越入神。

「這是你臨時編的神話吧？」

「真人真事。」

「你告訴我這故事，有什麼目的嗎？」

老闆就在等這句話。

「或許，你也需要新的旅行夥伴。」

滿月

「你是說，梅芳邀請我去參加中秋派對？」

陳爺爺的眼睛瞪得又圓又大，整個人突然綻放出生氣，刻滿臉龐的皺紋消失無蹤，顯得很久沒如此意外了。

「可以這麼說。」

「她親口告訴你的？」

「那倒不是，她女婿傳的話。」

「讓女婿傳話……你說說看，她這麼做是什麼意思？」

「自然是想見你一面吧。」

鄒杰答得支支吾吾，幸好陳爺爺心情過於激動，沒察覺他神情有異。

「我不是交代過，千萬別說出我的身分嘛。」

陳爺爺的責備讓鄒杰啼笑皆非。

「可是爺爺，店裡明明知道你是誰，才會準備那些特別烘的豆子，不是嗎？」

老人家語塞，鄒杰的話讓他無從反駁，雖然這些年他一直避免露臉，只要有人持續去買豆子，對方肯定知道買主是誰。只是這突然而來的邀請讓他不知所措，起身在室內來回踱步。

「你說是她女婿傳的話？」

「現在的店老闆是他，他說了算。」

「梅芳有個閨女沒錯，原來已經結婚了……所以你到底見到梅芳本人沒有？」

「沒有。」

「她為什麼都不在店裡，難道出了什麼事？」

爺爺邊踱步邊碎念，失望之情全寫在臉上，鄒杰實在於心不忍，差點顧不得老闆的交代講出實情，豈料陳爺爺的反應更快。

「小兄弟，你老實告訴我，梅芳是不是生病了？」

「你怎麼會這麼想？」

「我就覺得事情不對，你到底聽到什麼？」

「她女婿是說了些事……」

鄒杰吞吞吐吐，更坐實了陳爺爺的疑慮。

「說了啥？她生病了，還是住院了？」

「爺爺，都不是。」

鄒杰終究還是將聽來的消息從實招來。

人活到了一定年紀，或許生離死別見多了，老人家的反應比他預期的平靜得多，讓鄒杰暗自鬆了口氣，或許爺爺心中早已有數，只是在得到確切答案前，不願去面對吧。

他自己何嘗不是如此？明明迷戀菲菲好一陣子了，卻要一直等到她表態喜歡另一個人，他才甘願去面對自己的真心。

鄒杰解釋店老闆的安排，打算利用中秋夜派對，順便辦一場感恩追思會。他希望能請陳大爺光臨，藉著月娘牽線，與天人永隔卻從未忘懷的舊愛重逢。

陳爺爺默默聽完，顯得猶豫不決，只表示要考慮幾天，鄒杰暗罵自己口才差，沒能說服老人家。

中秋前一天，他終於接到爺爺電話，聲音虛弱萎靡，鄒杰聽得出他未從哀傷中走出來。

「我一直沒問你，梅芳走了多久了？」

「她的女婿沒明說，但至少半年了吧，我相信她從沒忘記你。」

「一句別離的話都沒留，人就走了，怎麼叫沒忘記我？」

「爺爺，你想想看，她去世前身子應該很弱了，還特別花時間教女婿如何烘你的豆子，可想而知她心中一直有你。」

「原來這段日子都是女婿烘的……」

「我相信她這麼做，就是不想讓你難過，讓你以為她還活得好好的。」

陳爺爺終於想通梅芳的用心良苦。

「她到死都沒忘記我，她真的用心良苦。」

「爺爺，咱們就一塊去紀念紀念她吧，算是送李婆婆一程。」

中秋節當天，Bella Luna 休店一天，所有該到的幫手全員聚齊，積極為當晚派對做準備。消失好一陣子的小劉也帶著妻小全家出動，他和女兒自告奮勇，連手布置天花板和玻璃窗，小妮子一雙巧手發揮剪紙才華，用剪刀和彩紙做出一串又一串裝飾。小劉的太太芊芊做菜手藝一流，自然主掌廚房，指揮余聞打理晚上主菜的食材。

只有小湯一副局外人模樣，以不變應萬變，宣布他負責的露天烤肉架要到傍晚才開張，於是眾人忙裡忙外同時，他老僧入定繼續捧著筆電看網路八卦，老闆既叫不動他，只能選擇視而不見。

小湯突然攔住他，聲音因興奮而顫抖。

「發生大事了，你快過來瞧瞧！」

「又發現什麼新大陸了？」

「記不記得我跟你講過，有個加拿大白痴，公開徵求和未婚妻同名同姓的人去環遊世界？」

老闆裝作不明就裡。

「怎麼了？難不成兩人假戲真做，陷入熱戀不成？」

「誰在乎他們怎麼了。」

「那你要講什麼？」

「發傻的病居然會傳染，我們這裡也出現了同樣的白痴。」

老闆假裝好奇，將小湯發現的網路消息讀了一遍。果然有個本地男子也在網路上尋找和前女友同名的人，晚上六點前到機場與他會面，一塊去遊馬爾地夫。

「八成是讀了相同新聞，有樣學樣當起模仿犯吧。」

「我也這麼想，可是你看看他前女友的英文名字。」

「YU WEN，怎麼了？」

「這不正好是余聞嗎？」

不待老闆繼續演戲，小湯已衝進廚房將余聞硬拖出來，分享這個天大巧合。余聞半信半疑把新聞讀完，才對小湯翻白眼。

「肯定是騙人的惡作劇。」

「我也是這麼想，只是太巧了，YU WEN！」

「為什麼要英文名相同呢？」

老闆看在眼裡，適時補上一句解釋。

「機票上印的都是英文名，找到同名的人就不必改機票了……也許他買的是不能退費的機票。」

余聞滿臉狐疑，來回打量他和小湯。

「你們在打什麼主意？是要我去應徵嗎？要我跟一個被女人拋棄的陌生人去旅行？」

「又沒有人要妳對他獻身，免費的便宜不佔白不佔。」

「老闆，你也這麼想？」

老闆正考慮著如何慫恿余聞，突然瞥見熟悉的身影從店外走過，只是小可並未減緩速度，他正感到失望，接著奇怪的事情發生了。

小可突然駐足轉身，與正在裝飾玻璃窗的小劉互望片刻，然後露出微笑走向他，兩人像老朋友般開始寒暄。老闆忍不住喊出聲。

「這是怎麼回事？」

「什麼怎麼回事？」

「妳自己看。」

余聞和小湯順著他的視線望向店外，小可繼續和小劉有說有笑好一陣子，兩人才揮手道別，小可轉身離去，小劉繼續幹活。

三人見這情景不禁面面相覷，小湯首先發難，衝到落地窗前敲玻璃，示意要小劉進來講話，小劉沒意識到一場三人會審正等著他。

「怎麼回事，你認得剛剛那個女的？」

「你是說小可？認得啊，她說她常來店裡坐，難道你不認識她？」

「我只知道她的名字，除此之外一無所知，你們既然是朋友，有機會幫我介紹一下。」

小劉眉頭一挑，顯得非常不以為然。

「小湯，你當真不記得她？」

「她到底是誰？」

「宗漢的未婚妻，以前常來看我們打球的小可啊！」

小湯張著嘴，卻吐不出半句話，更驚訝的人是老闆，他回想小可不時偷偷瞄他的模樣，她看著他時的視線方向。他轉過身，望著掛在牆上的老照片，他們一群球友多年前的合照，十餘人排成兩排，前排六人或蹲或坐，後排七人雙手交叉胸前帥氣站著，最左邊的少年不是別人，正是宗漢，半年多前一場車禍先將他帶走了。

原來小可不是在偷瞄他，而是她過世的未婚夫。

「再怎麼薄情寡義，也不該這麼快就把小兄弟給忘了吧。」

小湯被數落得惱羞成怒。

「小劉，你給我把話講清楚，誰薄情寡義來著？我當然記得宗漢，全隊就他一個高中生，得分後衛，小黑的外號還是我給他取的。」

「剛剛是誰想把宗漢的未婚妻啊？」

「那……那全屬誤會。」

小湯轉向老闆求救，老闆只感到自身難保的尷尬。

「難怪她看起來眼熟……」

他的表情變化全被余聞看在眼裡。

「老闆，你打算怎麼辦？」

「這個誤會可大了。」

「不知者無罪，但她既然是舊識，你總得有些表示。」

余聞說得沒錯，他不但要有所表示，他得鄭重道歉。

「妳抄下來的聯絡資料還在嗎？」

「替你留著呢。」

老闆狠狠瞪她一眼。

「這種玩笑話以後就別再講了。」

余聞吐舌，保證不再亂講話，替他找出小可的手機號碼，老闆考慮片刻才依著號碼發了個簡訊，邀請她今晚來當他的特別嘉賓。

下午不到五點，天色開始轉暗，一輪滿月掛在灰藍的天際隱約可見。小湯坐鎮烤肉架台，額頭綁好毛巾，左右手煞有其事各拿妥鐵夾子，老闆看在眼裡，只盼他烤出來的肉不致讓人壞肚子。余聞店前店後忙著當服務生，接單端盤招呼陸續到達的客人，老闆發現她不時轉頭看牆上的時鐘。

當余聞與他擦身而過時，老闆伸手攔下她。

「妳怎麼還賴在這裡？」

「你想說什麼？」

老闆替她再看一次時鐘，離約定的六點只剩下一小時。

「我想說，這是一個機會。」

「機會？」

「是，每個人都需要第二次機會。」

「你覺得我該去試試看？」

「嗯。」

「萬一是惡作劇呢？」

「就算是又怎麼樣，至少妳嘗試過了。就像妳曾經愛過那個人，最後沒有結果又何妨，人生只活一回，但求沒有遺憾，不是嗎？」

「人生只活一回，但求沒有遺憾……」

淚水開始在余聞的眼眶內打轉，老闆看出她已心動。

「可是，我這時候離開，店裡怎麼辦？」

「留妳在這只會增加我的罪惡感，妳真的該出發了。」

余聞突然鬆了口氣，也許她就在等這句話，她脫下圍裙交給他，朝店外快步走去，老闆想起一件重要的事。

「別忘了先回家去拿護照。」

余聞轉頭對他嫣然一笑，從褲子口袋中取出護照。

「我下午先繞回家了，以防萬一。」

老闆抽了張紙巾替她拭去眼淚，兩人交換了理解的笑容。

「好個以防萬一。」

「你說的，我需要一個新的開始。」

「還賴在這幹嘛？快去吧。」

還來不及給她祝福，余聞已匆匆離去，看著她的背影，老闆慶幸自己忍住衝動，沒講出與彭云的約定，她必須自己做出決定，願意再度打開心扉去接受第二次機會。

再來，就是年輕的派送員了。上回老闆讓鄒杰傳話，帶岳母的舊情人來一塊過節熱鬧，他看著鄒杰攙扶一位銀髮老翁進門，心中頓時踏實了，今晚將是個難忘的中秋夜。

鄒杰示意身邊老人，兩人遠遠向老闆招手，他趕緊移步過去與這位陳爺爺熱情握手，卻沒交換什麼應酬話，畢竟他今晚來是為了懷念舊人，而非認識他，一切盡在不言中。

七點整，老闆在滿座賓客掌聲中步到一面升起的白幕前，拿起麥克風致詞，這時他才發現自己毫無準備，他環視座無虛席的店內，想起高掛夜空的滿月。

「大夥也許聽說了，最近莫名其妙又多出一個月亮來，沒錯，地球現在有兩個月亮繞著它轉，所以中秋變得更熱鬧了。」

眾人開始鼓噪，甚至有人假裝哀號，以為他又要發表科學新知的大論，他堆起笑容安撫大家。

「我只是想說，剛得知這消息時我心裡確實不太痛快，我不願見到不速之客來搶月亮的正主位子，分享它在我心中的特殊地位，即使百年才出現一回。但我後來想通了，這個新月亮可寂寞了，九十九年都得獨自在無聲的黑暗中度過，就如同我們一生大多時間，不也都是獨自一人嗎？」

有幾位客人認同地點頭。

「我們終日在自私裡打轉，在寂寞中修行，直到說不清自己的孤獨，聽不見對方的呼喊……說穿了，城市其實是讓你我和幾百萬人一起寂寞的地方，今晚大夥聚在這小店裡，不正是因為我們無法與家人團圓，所以將 Bella Luna 當成暫時的家……」

賓客席中傳出掌聲。

「不論回不回得了家，今天是我們思念及感謝至親的日子。」

老闆向小劉示意，啟動備好的筆電和投影機，將筆電螢幕上的影像投射在他背後白幕上，畫面中是一位美貌女子，從年輕到年老各人生階段的照片，色澤從發黃的黑白逐漸轉成彩色。

只有陳爺爺和鄒杰立即認出女子是誰，陳爺爺臉部肌肉激動得開始抽搐，眼前景象顯然勾起他無限的回憶。

「李梅芳是 Bella Luna 的女主人，從最早的街角烘焙小鋪，到後來移到這裡的咖啡店，轉眼間她已花了大半生歲月和精力，來守護這溫暖的小角落，讓外出遊子們多了個暫時不寂寞的家……

「她對這間店的愛充分展現在女兒身上，當女兒出生時，梅芳為她取名為美月，也就是美麗的月亮，Bella Luna……」

賓客中傳出讚嘆聲，顯然知道這個祕密的人不多。老闆停頓片刻，讓小劉換上新的投影片，第一張便是他和梅芳以及一名少婦的合照，年約三十歲，臉上充滿對生命的期待和喜悅。

「今年初，梅芳和我同時失去了美月，美月是我的妻子，我們共同度過三年非常快樂的時光，每一刻都被幸福塞得滿滿的……」

老闆的眼眶開始泛起淚光。

「美月一心想當母親，可是體檢時，她被發現得了無藥可治的血癌…… 美月的離去曾讓我痛不欲生，是岳母陪我度過最黑暗的日子。她決定將店交給我，其實是要幫我走出傷痛。」

老闆在緬懷亡妻同時，李梅芳從廚房出現，緩步走到前場，在眾人目光下來到老闆身旁，任由他緊緊握住她滿是皺紋的手。梅芳看著白幕上女兒各時期照片，眼中也含著淚，最後一張是美月躺在病床上，光頭上已無髮絲，任由老闆摟住，堅強地面對鏡頭微笑。

「藉此中秋良夜，我邀大家來，陪我一起懷念愛妻，也一起謝謝我的岳母梅芳，如果沒有她，我絕對無法再站起來。」

梅芳聽完這番話深受感動，轉身與老闆擁抱，再拍拍他的臉，現場掀起鼓掌和歡呼聲，更多人陪著拭淚。兩人分開後梅芳的視線轉向眾賓客，似乎在尋找某人，她很快發現另一張滿是皺紋的老臉，然後由老闆陪著主動走向陳爺爺。

「時間過得真快，我們都老了。」

梅芳的聲音充滿感情，陳爺爺聽得老淚縱橫，胸口不停起伏。

「我真不知該說什麼。」

「就說好久不見了。」

「真的太久了……妳女兒的事我很遺憾。」

梅芳點頭表示謝意，兩人不知語從何起。

「我要謝謝你，一直沒忘記我。」

「不，該感謝的人是我，因為妳的豆子，才讓我一直記得妳。」

兩個人伸出手緊緊相握，站在一旁的鄒杰又驚又喜，緊盯著梅芳，又轉向老闆，再也按捺不住心中疑問。

「老闆，你明明跟我說李婆婆不在了，原來你是騙我的。」

「我只說教我烘豆的人不在了，可從來沒說教我的是誰。」

鄒杰這才恍然大悟。

「教你烘豆的人是你老婆，是我自己想偏了……可是我又不懂了，既然李婆婆活得好好的，這些日子都去哪了？」

「我哪也沒去，在家忙著呢。」

梅芳斜眼瞪了女婿一眼。

「你以為這些好吃的蛋糕點心，憑他做得出來？」

其它三人忍不住笑出聲。

接近午夜時，陳大爺才依依不捨地和梅芳道別，由鄒杰陪著回家休息了。接著，梅芳也回家後，店內已無客人，獨留老闆面對空蕩蕩的咖啡店，他再度思念起亡妻，想著自己獨自走在這世間，宛如西出陽關的旅人，黃沙滾滾，眼前將是無盡的跋涉、顛簸、眺望與回首。

疊影不散，三生三世的行囊中，盡是思念的氣味。

手機傳來響聲，老闆這才注意到一直未檢查Line，余聞只寫了簡短一句話：我們要出發了！信息下還附了自拍，彭云和余聞肩並肩望著鏡頭，一起露出緊張的笑容。

老闆激動地闔眼，默默為兩人祝福，或許，這一回，幸福真的會降臨在他們身上。

「老闆？」

柔細聲音嚇著了老闆，他睜開眼睛，轉身發現小可站在門口。

「我以為妳不來了。」

「我早就到了，只是想等人散了再進來。」

兩人思考著如何接下句話，然後同時說出同一句話。

「我要向你道歉！」

老闆避免尷尬，趕緊再補上一句。

「要道歉的人是我，居然忘了妳就是宗漢的……」

「我才應該道歉，一直沒講出我來這的真正目的，讓你誤會了。」

「現在都搞清楚了，一切都還來得及。」

「什麼事來得及？」

老闆引導她來到工作台後的舊照片前，仔細端詳照片中每張年輕的面孔，最後停在還是大孩子的宗漢身上。

「來得及將照片送給妳。」

小可睜大眼睛，顯得十分意外。

「這張照片曾是我所有的青春記憶……但我想通了，它對妳的意義遠大於我，妳才會不停地回來看它。」

「不瞞你說，宗漢走了之後我才發現，我們共同的照片都留在他手機中，而手機被他家人帶回去了。」

「所以妳更應該接受這個禮物。」

小可顯得很感動，考慮之後卻輕輕搖頭。

「籃球曾是宗漢的第二生命，我相信他會想留在這裡，和他的老大哥們混在一起。我很想他時，過來看看他也就好了……只是，我希望你能答應我一件事。」

「任何事我都答應。」

她從皮包中取出一張信紙，老闆認出正是先前被他拒絕的那封信，它的確是封情書，寫給小可失去的摯愛。

「我想把信夾在照片後面。」

「讓我來。」

老闆將大相框取下來，掀開背後薄夾板，將小可的信紙平放在舊照片背後，再重新置妥夾板，將相框掛回牆上。

兩人靜靜地欣賞照片，小可臉上難得洋溢著笑容。

「老闆，我告辭了。」

「請有空就回來看我們。」

離去前，小可突然想到什麼，重新轉向老闆。

「你知道嗎，我和宗漢差點就在這裡完婚了，可惜他來不及踏進來。」

「是嗎，這麼巧？」

剎那間小可臉上又露出悲色，但很快控制住。

「你和美月的故事，帶給我不少勇氣，或許有一天我也能走出來……」

老闆感覺有什麼哽住喉頭。

「祝妳中秋快樂，小可。」

「也祝你中秋快樂。」

極度感傷後之2度琴緣

她感到自慚形穢，她的頭髮凌亂，
皮膚粗糙，素顏的臉上毫無血色，
缺乏運動讓她身上多出不知幾斤肉，
現在的自己拿什麼和年輕姑娘比？
手心突然傳來一陣刺痛，
她舉起握得太緊而缺血發白的雙拳，
指甲早已深深陷入手掌肉中

極度感傷後之2度琴緣

寧二清楚記得，頭一回見到李桐的那天，那張素淨的臉上有著細緻五官，發亮的黑髮綁成兩根短辮子，散發著屬於音樂人的文藝氣質，她大方地探頭進來，在他做出反應前，就展露她迷人的笑容。

「請問是寧老師嗎？」

「我是，妳哪位？」

「我是亮子的學妹，聽她說你在找新的助理。」

倒不是李桐有國色天香之姿，讓他當場天雷勾動地火（雖然事後回想起，他止如死水的心有了久違的觸動），而是有個參考座標，讓他忘不了那一天。兩個晚上前他才和亮子在音樂廳大堂內大吵一架，幸好當時所有人都還在音樂廳內欣賞表演，否則他們夫妻公開反目的場面，很可能會被人拍下來，上傳到網路上供大眾消費。

寧二非常清楚影片的力量，實際上他正靠這新模式混飯吃。十五年前，他剛從電影學院攝影系畢業時，壓根還沒有微電影或直播這些玩意，就算有朋友閒來沒事拍些陽春短片放上網，自瀆的動機也遠大於娛人，更談不上有任何商業企圖心。包括他在內的所有電影學院畢業生，無不絞盡腦汁擠破頭搶進影視行業，爭取加入電影或電視劇劇組，沒工作的人則窩在家裡寫劇本，開始編織自己的電影美夢。時間快轉十年後，寧二寫過不下二十套劇本，拍過十幾個電視廣告，在圈內也小有名氣，他運氣好跟對了製片大哥，當過四五部叫得出名字的電視劇攝影指導，但卻仍然拍不成任何電影。

此時微電影冒出頭，起先不過就是帶點情節的電視廣告，但他很快掌握到竅門，嗅出潛在的商機，而且認清這可能是他此生最接近拍電影的機會。於是自立門戶開始做微電影，除了接長版的廣告片，也找來一群思想怪異的年輕人，用他躺在抽屜裡長灰塵的本子當基礎，舊瓶裝新酒，搞出有品牌的喜劇短片，居然也一炮而紅，點擊率動輒上千萬。他一部接一部拍，總算淺嚐了成功滋味。

然而，好景不常，紅極一時的微電影被熱門的網紅直播趕過去了，網友胃口被養刁了，口味越吃越重，即便公司的短劇沒被取代掉，但是點擊率還是硬生生少了近一半，分到的錢自然也打對折。

面對市場變化，寧二苦思著如何突圍求生，原本很甜蜜的家庭生活卻在這時發生悲劇。他接到電話趕到醫院時，一切都已經太遲，早產近一個月的兒子已停止呼吸。飽受剖腹折磨的亮子才生完三天，還躺在病床上復原，見到他時已哭得不成人樣，叫著鬧著要看兒子，醫院護士肯定搞錯了，她要給兒子餵奶；兒子從出生那刻起就被隔離在保育箱內，一口母奶都沒嚐過，亮子堅持等吃飽了他就會醒過來。

「寧二，你會恨我嗎？」

「我怎麼可能恨妳？」

「恨我生不出健康的兒子來。」

等妻子終於平靜下來後，幽幽地質問他，寧二強忍住心中的痛，將亮子緊緊抱住，在她耳邊輕聲安慰她。

「說什麼傻話，兒子天生命好，直接去天上當天使了。」

「兒子走了，我們以後該怎麼辦？」

「一切都會沒事的，等妳身子養好，我們再生一個弟妹陪他。」

安慰人的話往往不合情理，寧二只能想到什麼講什麼，自己則一句都做不到。他連攝影鏡頭都不必換，就眼睜睜看著生命由彩色變成灰暗，亮子一直走不出兒子夭折的傷痛，逼得寧二在她身邊總得小心翼翼，深怕說錯話勾起她不好的回憶。其實他自己更不好受，時間久了甚至有點生氣，為什麼亮子可以任性地浸在自責中，而他卻只能打起精神，勉強自己把悲傷壓抑在心中。結果，兩人越來越客氣，越來越沒話說，一年下來他們在家中有如行屍走肉，夫妻生活只能用相敬如冰形容。

大提琴是亮子的音樂專業，葬了兒子後，她再沒拿起大提琴弓，更別說拉奏或教學生。晚上兩人躺在床上，中間彷彿隔著一片被摩西分開的紅海，即使知道亮子醒著，他連伸手去摟她的勇氣也蕩然無存。面對面坐在餐桌時，他們的對話也不超過二十個字，準備晚餐似乎已用盡亮子全部的精力。

「今天過得好嗎？」

「還好。」

「練琴了嗎？」

「不想。」

或者沉默。

「我先去睡了。」

「嗯。」

或者更多的沉默。

從她眼神中寧二看到無言的痛苦，她似乎也清楚她在傷害彼此，可是她顯得無能為力。寧二別無選擇，只能消極地逃避，留在工作室的時間越來越長，寧可食不知味吃著便當，也不願再面對一頓頓餐桌上的沉默，以及亮子無神的目光。

寧二每天拖著疲憊不堪的心去上班，工作室的營運不見好轉，走了幾個看苗頭不對先閃人的幹部（通常是較優秀的），他再炒了幾個人，帶著少到不能再少的團隊苦撐，辦公室士氣沒有最差，只有更差。他像鴕鳥般相信危機就是轉機，轉機就在明天，直到他最依賴的助理小蜜向他辭職。

「妳也像其它人，準備棄我而去？」

「明明是你請不起我了。」

小蜜從剛離開學校就一直跟著他，寧二視她為親妹妹，欣賞她總是對他有話直說，現在卻希望她別這麼老實直白。

「找到新工作了？」

「沒有。」

「沒新工作幹嘛不好好待著，我有幾個新點子想找妳討論。」

她不用看寧二的表情也知道他在說謊，心一橫講出真心話。

「哥，少自欺欺人了，趕快把工作室收掉，憑你的名氣，接現成的案子領現金多快活。」

「哥絕不收。」

「我真的不能再陪你了……我要結婚了。」

這一驚可不小，小蜜從來不提她的感情生活，怎麼突然就要結婚了呢？

「什麼時候發生的事？」

「認識三個月，長得還算順眼，經濟狀況也可以，就湊合湊合吧。」

實在不像從準新娘口中講出的話，而且將他這個兄長蒙在鼓裡。

「這種大事妳居然把我蒙在鼓裡，以後別再叫我哥了。」

「你是惱羞成怒。」

「我當然是惱羞成怒！」

「哥不叫就不叫！」

兩人真像賭氣的兄妹，狠狠瞪著對方，寧二心知他應該恭喜小蜜的喜訊，但一提到婚姻就像在腦門插上一把利刃，他滿腦子只有受傷和失望，他見不得其它人幸福快樂。

「這些年我陸續借妳的錢，多少記得嗎？」

「你想幹嘛？」

「有本事不當妹子就還錢來。」

沒想到小蜜發出得意的冷笑，伸手將兩張大提琴演奏會的入場券擺在他面前。

「知寧二者莫我小蜜也，早料到你會使出這種賤招。」

「我使賤招？拿兩張票來敷衍我就不是賤招？」

「嫂子的生日快到了。」

寧二心頭一緊，他居然忘了這麼重要的日子，他還想嘴硬，但小蜜不給他機會。

「別小看這兩張票，可能是挽救你婚姻的最後機會。」

一時間寧二啞口無言，沒有其它人比小蜜更瞭解他和亮子的狀況。

「哥，再不做點努力，嫂子就要離你而去了。」

在寧二堅持下，亮子勉強接受了她的生日禮物，同意共赴演奏會，外國請來的音樂家名氣不小，滿座的觀眾聽得如痴如醉，唯獨她板著臉像在承受酷刑，搞得寧二也興致盡失，跟著一塊生悶氣，表演到下半場中途，亮子突然起身離席，寧二只能連連向鄰座道歉，無奈地追出去。追到大堂內他的怒氣再也無法克制。

「自己是學音樂的，難道不知道這樣子很失禮嗎？」

「我沒辦法，我忍不住。」

「亮子，我們不能再這樣下去了。」

見亮子開始啜泣，寧二的挫折感更深，但他這回拒絕心軟，有些壓抑太久的話必須說出口。

「我們得找到法子過下去。」

「你到底要我怎麼樣？」

「我要我深愛的妻子回到我身邊。」

「你看不出來我辦不到嗎？我就是辦不到……你不要等我了，你走吧，去尋找你自己的快樂。」

寧二像是被人點了麻穴，全身僵直，做不出任何動作，他顧不得亮子臉上充滿的失望，只記得她講的氣話，將她留在大堂內獨自離開。

現在回想起那天晚上，寧二胸口仍隱隱作痛，他自知做了不該做的事，拋下心碎的妻子逃離現場。幸好幾個小時後亮子還是回了家，聽到她關門的聲音，寧二才放下心中石頭。情況或許未如他想像的糟，至少他們將話講開了，如果這不是復原的開始，就是他們已經走到終點。

結果兩者皆非，亮子的狀態並無改善，卻也沒提出離婚，兩人繼續過著冰冷無聲的生活。兩天後，李桐來應徵小蜜空出來的職位，並主動提起是亮子的小學妹，主修鋼琴。從她充滿自信的自我介紹中，寧二聽出李桐也是個有電影夢的傻子，未來想從事電影配樂，而且求要的薪水只有小蜜一半，寧二沒有多想，請她隔天開始上班。

望著寧二調頭離去，亮子頓時慌了，她沒料到老公會真的狠下心，留她一個人在音樂廳大堂內。事實上她很久沒好好思考任何事了，失去兒子後，她的世界整個塌了下來，她失去思考的能力，她曾考慮要尋死，但沒有足夠勇氣真的去做。她對生命仍有眷戀，她仍有寧二，想到他得承受喪子又喪妻的雙重痛苦，她無法原諒自己。

沒有人能告訴亮子，失去一個親生骨肉需要多少時間復原。等最糟的兩個月噩夢過去後，她意識到自己還活著，還能呼吸，吃飯，發呆，買菜，做飯，睡覺，然後隔天醒來，再重新做一遍。這些是她還能做的，她甚至鬆一口氣，如果這就是谷底，接下來無論發生何事，只可能向上反彈，不是嗎？

一年過去了，亮子依舊在谷底徘徊，寧二仍默默地、小心地陪著她，像是捧著陶瓷娃娃，深怕說錯一句話就會失手將她摔破了。而且寧二的耐心正在逐漸消失，她看在眼裡比誰都清楚，也比誰更焦急，可是操控她肉體的已不是她的腦或意志，亮子迫切想找到出口重新振作，可是她的軀幹四肢有自己的主張，它們硬是告訴她，她還沒準備好。

「亮子姐，妳沒事吧？」

亮子從沉思中被喚醒，意識到她仍站在大堂門口，年輕女孩正關切地打量她。女孩二十出頭，手中捧著一疊演奏會印刷品，亮子認出是準備向散場觀眾兜售的節目表。女孩不等她開口，掏出紙巾遞給她，亮子這才下意識摸自己的臉，滿是未流乾的淚水。

「等人來接？」

亮子痛苦地搖頭。

「沒有人……」

「那妳知道怎麼回家嗎？」

「我……」

面對突來的善意，亮子感到手足無措，女孩則顯得冷靜大方，主動領著她到旁邊的工作人員房間，留她獨自休息，等女孩下班再度出現時，亮子的情緒已平靜大半。

女孩名叫李桐，居然和她念同一所大學音樂系，去年才畢業，在音樂廳打工賺生活費。不知何故，李桐的真切讓她打開封閉的心房，許多無法對寧二講的話，她一股腦全講給初見面的陌生人聽，李桐也是難得的好聽眾，等亮子把話和淚全洩盡了，才語重心長地提出建議。

「學姐，也許……我們可以幫彼此個忙。」

那已是三個多月前的事，當李桐講出那句話時，她雙眼發亮，胸有成竹，似乎亮子的困境在她手中都將迎刃而解，而即將溺斃的亮子，只能胡亂抓住朝她伸過來的任何東西，不管是稻草或棒子，也顧不得對方只是個剛畢業的大學生。

接下來她再沒見過李桐，至少不是當著面，講上幾句話，寧二下班回到家，從不曾提起這個她介紹去的新員工。她只能從遠處觀看。

從寧二身上逐漸產生的改變，亮子清楚感受著李桐的存在。首先是他的情緒，即使兩人對話仍維持在最基本的日常問候，他的聲調明顯變愉悅了，輕鬆了，重新找回自信了。亮子想起自己講過的氣話，要寧二去尋找自己的快樂，他當真開始在努力實踐它。

接著寧二宣布戒菸，外表也開始起變化，那一頭過去十餘年從未理會的亂髮突然變整齊了，花了錢讓髮型師剪出造型來。某天她收拾衣櫃時，發現寧二背著她添了許多新行頭：新鞋子，新西裝，新襪子，新內褲，甚至有幾件他從前絕不穿的花襯衫。亮子開始緊張，寧二從不花時間和心思在外表上，如今滿櫃子盡是他的心思，而且不是為了取悅她。

亮子開始留意寧二在家裡的舉止，當他以為她不注意時，寧二會對著浴室鏡子，打量欣賞鏡中的自己，他會堆起笑容，再換個嚴肅或自以為帥氣的表情。亮子默默觀察著這一切，再也沒有懷疑，她引了一匹母狼入室，她怪不得任何人，只能責備自己。

澆熄她最後一絲希望的是換車。寧二沒和她商量，就將開了近十年的舊大眾換成一輛BMW的MINI Cooper。每天早上她躲在窗簾後，偷看寧二吹起五音不全的口哨，穿著精心打理的新衣新鞋，再踏著輕盈有節奏的步伐，坐進那進口的全新Cooper，銀灰色烤漆閃閃發光，寧二臉上的笑意則比烤漆更加燦爛。亮子不敢再往下想，老公是用什麼心情，去迎接他擁有新助理的每一天。

這段日子以來，亮子除了去探望兒子，或到社區外的市場買菜，幾乎足不出戶。可是更新版的寧二讓她在家坐立難安，食不下嚥，她終於鼓起勇氣，沒通知寧二即出現在工作室前。她並非懷抱宣示老闆娘主權的動機而來，但她必須親眼見到李桐，正眼看著她的雙眼，看她是否還是那個對她說「我們可以幫彼此個忙」的小學妹。

還來不及進門，亮子就聽到低沉的引擎聲從街角傳來，閃亮的銀灰色Cooper正轉過彎朝工作室駛來。她心一驚，不加思索快閃進隔壁商家內，隔著玻璃櫥窗看著寧二下車，瀟灑地繞過Cooper前大燈，去到車子另一側為李桐開門。幾個月不見她，李桐顯得成熟幹練許多，她提著公事包向寧二低頭巧笑，朝工作室內走去。

亮子感覺到自己雙頰發燙，心臟不停地從胸口內怦怦地催促她，快迎上去啊，妳這個生不出健康兒子的傻女人，鼓勵老公去外頭快活還不夠，還主動將小三送到他面前。這不就是妳來的目的：來和他們當面攤牌。

亮子不理解自己在猶豫什麼，只知道她的腳加了鉛，重得一步也踏不出去，她突然感到自慚形穢，她的頭髮凌亂，皮膚粗糙，素顏的臉上毫無血色，缺乏運動讓她身上多出不知幾斤肉，現在的自己拿什麼和年輕女人比？手心突然傳來一陣刺痛，她舉起握得太緊而缺血發白的雙拳，原來指甲早已深深陷入手掌肉中。

她不禁悲從中來，可是轉念再想，也許這是最好的結果，既然她無法再活得像個人，再當個稱職的妻子，難道要一直拖著寧二陪葬，難道她不該默默地祝福他，找到新的幸福？

亮子做出當下她唯一能做的決定，狼狽地逃離現場。可是她不敢回家，過去一年多的避風港突然像是監獄，如果再將自己關回去，她擔心只剩下上吊自殺一途，她在手機上找到求救的號碼。

小蜜一見到她，二話不說先來個緊緊擁抱，等她終於鬆手時，亮子感到萬千個不捨，恨不得小蜜能永遠如此抱住她，讓她透不過氣來，直接停止呼吸，不再跌倒，不再墜入絕望的深淵。

她耐心聽完小蜜咒罵寧二，才有機會向她道歉。

「錯過妳的婚禮，我很過意不去。」

「別放在心上，那種吃吃喝喝的場面亂透了，去了也沒啥意思。」

小蜜可能是考慮到她的狀態，刻意沒打扮就出來見面，仍難掩新嫁娘的貴氣和喜悅。

「跟我說，新婚幸福嗎？」

「當然幸福，怎麼不幸福？不必再去上那個班就是最大的幸福，睡覺時多個現成火爐取暖，更是多掙來的福利。」

小蜜還是一副女漢子的直率模樣，只是開玩笑的聲調多了女性溫柔。

「就因為我現在過得開心，更看不慣身邊的人比我不開心。」

「別往下說，我做不到。」

「嫂子，真的不能再消極了，我不是要替寧哥說話，他並不是什麼神仙，就是個不爭氣的中年男人，對七情六欲毫無招架能力。」

她又花了十分鐘時間詛咒李桐，打從她進公司的第一刻起，全工作室的人就一個接一個淪陷，被她迷得團團轉，寧二還是最後一個失守的。小蜜的話只是再度印證了亮子的結論，她雖不意外，卻有深深的無助感。

「除了祝福他們，我什麼也不能做。」

「妳錯了，嫂子，妳已經開始做了……妳今天主動約我出來談心，妳能想像我盼了多久嗎？」

亮子這才意識到，從李桐的出現到寧二的轉變，她的內心世界確實也悄悄發生變化。然後她想起來，好幾天沒碰醫生開的抗憂鬱藥了。其實醫生不止一次鼓勵她不要放棄，要走出那個看似永無可能穿透的迷霧，她不能期待別人給她改變，能帶來改變的人就是她自己。

一切的答案都在自己身上，她突然想清楚了。

回家後亮子做了件她以為再也做不到的事，她拉了整夜的大提琴，直到按弦的手指磨破出血。

李桐上班的頭半個月，寧二還能勉強把持自己，冷眼旁觀其它小夥子像一隻隻爭寵鬥豔的公雞，擦紅頭頂的雞冠，挺起沒啥肌肉的胸膛，對新出現的母雞噓寒問暖，爭取她的關愛眼神。過去小蜜也曾是男性私下話題的焦點，等大夥搞清楚她不過是個女漢子，抽菸喝酒講黃色笑話比男人還在行，只能失望地將她降為同類。李桐就不同了，不但長得清秀，年輕姑娘該有的嬌羞巧笑一樣都不少，她的舉止中帶著曖昧，對獻殷勤的眾男同事一視同仁，下班約她吃飯也多大方接受，搞得人人有希望，個個沒把握。

小蜜離職後，辦公室重新回到眾星拱月的態勢，爭風吃醋的情況越演越烈，甚至搬到腦力激盪會議上，過去了無生氣、講不滿三句話的創意同仁，突然個個成了點子王，不到一星期就搞出新腳本來，再花一個月就拍出測試短片，寧二又驚又喜。而他自己精神也來了，講的話開始多了，交代這吩咐那的，等眾夥計開始用吃味懷疑的眼神打量他，寧二才意識到，自己也悄悄加入了博取李桐芳心的戰局。

那天之後，寧二的臉皮迅速增厚，他一不做二不休，乾脆將私人辦公室的落地百葉窗拉起來，透過玻璃直接看著坐在室外的李桐，她的一舉一動一顰一笑盡收眼底，隨時供他欣賞，李桐也不在意，似有若無在他面前搔首弄姿，一切盡在不言中，兩人一裡一外玩得很開心。男同事們見老闆使出這招殺手鐧，自是敢怒不敢言，再看李桐也心甘情願配合演出，擺明眼裡只有老闆，只得紛紛棄械投降，敗下陣來。

寧二不是傻子，他聽過許多關於千禧世代的傳聞警語，任性自我，吃不了苦還缺乏進取心，李桐身上卻見不著這些毛病，一絲都沒有。她工作勤奮，企圖心強，待人又和善，男同事們私下為她爭風吃醋，暗流洶湧，卻沒人說過她一句壞話，工作室氣氛維持在亢奮高檔。

寧二是老闆，已婚人士，理智不斷告訴他絕不可吃窩邊草，領頭做壞榜樣。只是情感一次又一次戰勝理智，他欺騙自己他並無不良企圖，不過是期盼每天來到工作室，享受幾個小時視聽覺以及所有感官的美好，再回到那個冰冷無趣叫家的監牢。

最令寧二神魂顛倒的是李桐的幾個小動作，例如她專注思考事情時，會不經意用手指玩弄自己的頭髮，她的左手食指會繞著齊耳短髮的髮梢，一圈又一圈地繞著，繞得他心中發癢，寧二只見過另一女人有類似習慣，正是曾經還是他老婆的亮子。

他發現更多李桐和亮子相似之處，她小腿癢時伸手去抓的模樣，她走路時稍微的駝背，甚至她吃飯喝湯時發出的輕微響聲，在在都有亮子的影子。再來則是她的音樂才藝，李桐自告奮勇為新的廣告長片配樂，她自編自彈，做出來的音樂不但客戶滿意，連請樂師的錢都替他省了一半。

寧二終於恍然大悟，李桐雖有自己的長相個性，但是在他眼裡，她就像是年輕了近十歲的亮子。每天與她相處讓他似乎暫時回到過去，回到剛和亮子結婚時的兩人世界，還未被悲劇徹底毀掉的幸福時光。寧二努力按捺想追求李桐的衝動，但無法也不願克制想去討好她的心。他發覺自己變年輕了，不再是心如止水的中年人，原來，他還可以再活一次！

改變從外表開始，他讓自己從頭到腳煥然一新，看起來更稱頭，更像個成功人士，或許有一天他能配得上李桐。某天他和李桐向客戶做完成功的提案，他找到完美藉口請她吃燭光晚餐慶祝，李桐也大方地接受。他們經過一間寶馬MINI展示間前，李桐突然停下腳步，羡慕地朝櫃窗內瞧。

「怎麼，看上MINI的車，要不要我買給妳？」

突如其來的大膽嚇壞了他自己，李桐反倒顯得冷靜，當他在開玩笑。

「怎麼好讓你給我買車，而且我又不會開。」

「如果我買了，妳願意坐嗎？」

李桐看著他，露出期待已久的笑容。彷彿她一直在等待他的表白。

「願意。」

就衝著這句願意，寧二隔天訂了一輛銀灰色雙門款Cooper，他慶幸李桐的職位是他助理，交車後他理直氣壯地載著她四處開會，連藉口都不必編，公事完畢後順便請她吃個飯，也是再自然不過的事。可是，李桐的順從中總帶著幾分客套，一段若有似無的距離，讓他不敢冒然造次。寧二為自己找解釋，那是女性的矜持，或者她是在玩欲擒故縱的遊戲，無論是什麼理由，他決心陪她進行到底。

回到家裡，寧二變得更注意亮子的反應，或者應該說亮子對他言行的反應。他小心翼翼，不讓自己有一絲一毫露餡的可能。他對妻子不是沒有罪惡感，甚至會想起失去的兒子。但是對他而言，那些都是過去式，他好不容易盼到重生機會，在徹底絕望之際見到隧道終點的光亮，他只能義無反顧，他再也沒有後悔的本錢。

說也奇怪，就在他內心經歷如此巨大轉變同時，亮子似乎也起了變化。起先只是一種感覺，接著他無意間注意到，她將大提琴留在琴室中，沒收進琴箱內，這讓寧二又驚又喜，原來亮子重新拾起了音樂，展開了她的復原之路。更大的驚訝還在後頭，某晚吃完飯送李桐回住處後，他獨自回到家已超過十點，卻發現房子空無一人。寧二不知該如何反應，他已經想不起來，上一回亮子深夜獨自外出是何時了。結婚前幾年，他們常在這時候約朋友出去混，但自從懷了小孩，十點一到亮子就開始打哈欠，他也跟著變成早睡早起的居家男，他們彼此安慰這就叫幸福。

亮子的晚歸越來越頻繁，她會去哪呢？他可以質問她嗎？如果她反問他的作息，他該如何回答？投鼠忌器之下，寧二選擇最安全的做法：保持沉默。夫妻生活中最簡單的問答，卻像是他們之間無法跨越的鴻溝。

新長版廣告配樂的錄音大告功成，當天剛好是其中一位客戶生日，大夥直接在錄音室裡切蛋糕為她慶生，李桐被客戶指名當伴奏，她也毫不客氣地挑了架舊鋼琴坐下來，信手彈起生日快樂曲。習慣了她用電子琴譜曲彈奏，聽到真正的鋼琴鍵音從她指間流出，是種奇妙的經驗與享受，讓寧二更加欽佩這位音樂系高材生。此時琴聲突然峰迴路轉，變成一首柔中帶悲的曲子，寧二剛聽到前奏四個長音，即產生似曾相識的感覺，越聽下去旋律越熟悉，越充滿渴望，年輕亮子的身影不知為何浮現他腦海。

等七分鐘的曲子結束後，錄音室裡先是一片死寂，接著響起如雷掌聲，寧二驕傲地跟著大夥鼓掌，這根本是音樂會水準的即興表演，李桐還逗趣地伸起手臂，再大彎腰向聽眾們致意。

「李桐，這是什麼曲子？好美啊。」

寧二還來不及開口，女客戶已經先替他問了。

「曲子叫賈桂琳的眼淚，十九世紀法國作曲家奧芬巴赫的作品，浪漫派代表作之一。」

「妳說我是個無藥可救的浪漫主義者沒錯，可是我不叫賈桂琳啊。」

客戶假裝抗議，眾人笑成一團，李桐趕忙認真解釋。

「王姐，我沒想這麼多，賈桂琳的眼淚本來是大提琴曲，我最近無意間聽到，非常感動喜歡，就試著用鋼琴來詮釋看看。」

聽完李桐的解釋，寧二突然笑不出來。賈桂琳是亮子的英文名字，而這首〈賈桂琳的眼淚〉正是她過去公開演奏時，最常拉的招牌曲之一，如今換成用鋼琴彈奏，他居然沒在第一時間聽出來。他想起年輕生命中的電影、音樂、夢想、愛情，他們都曾經才華過人，夢想遠大，天之驕子，如今卻只能調過頭來，謙卑地向青春道聲晚安。

回憶頓時全湧上心頭，寧二有股衝動，他要搞清楚亮子究竟在忙什麼。他提早回家但不進門，守在停在巷口的車內，傍晚時果然見亮子出門，而且揹著她的大提琴！望著她纖細的背影，以及沉重的琴箱，他重新想起年輕時的亮子。打從剛認識她開始，寧二就無法理解亮子是怎麼辦到的，約會時不止一次想替她提琴，卻總是遭拒絕，亮子向他解釋，這是當大提琴家的基本功，旁人不能代勞。

亮子在母校附近的建築物前下車，揹著琴箱消失在門內。寧二停好新Cooper，趁門口沒人也開門混進去，隔著幾面牆他隱約聽出各種弦樂器的調音聲，寧二確定這是個音樂練習坊。他走在長廊上，一切顯得十分熟悉，就如同當年他下音樂系琴房等亮子下課，各種樂聲從不同練習室內傳出，滿是青春的無羈美好。

他在一間最大的練習室外，透過門上小窗發現亮子，她並沒看見他，因為她正坐在室內，專注地練習幾個小節，她身邊還有七八位樂師，小中大及低音提琴皆有，側邊還有一架鋼琴，他們穿著輕鬆的便服，年紀從二十出頭到四十幾，有年輕的帥哥，也有中年大嬸。憑著有限的音樂知識和記憶，寧二判斷這是個小型室內弦樂團，正準備進行排練。

「喂，你來幹嘛？」

寧二聞聲回頭，口氣很差的女人果然是小蜜，他不想也不知如何回答她的問題。

「妳知道這件事？」

「她是我嫂子，我當然知道。」

「妳知道多久了？」

「自己老婆在幹什麼、幹多久了都不知道，還有臉問我。」

「到底多久了？」

「你迷上那隻小狐狸精多久了，她就來多久了。」

面對小蜜毫不留情的冷笑，寧二只能啞口無言，他轉頭再看室內一眼，剛好看見亮子與旁邊的年輕男子竊竊私語，她居然笑得露出了牙齒。

亮子有些手足無措，加入這個業餘室內樂團才兩個星期，坐她隔壁的這把小提琴已向她放電了不下十次。起先她以為蘇何只是特別懂禮貌的年輕人，見面打招呼和道別時從不漏掉她，漸漸地她才發現，蘇何的好禮貌並未延伸到每位團員身上，那個與他同齡的鋼琴妹顯然對他有好感，蘇何卻完全不假辭色。接著亮子注意到更多異狀，蘇何買飲料時為她多買一瓶，她不想掃他的興，只得開始自己帶水瓶。團練結束後他會刻意多逗留一會，等她收拾好才一塊離開，分手前再閒聊幾句，她為了避免鼓勵他，拉著其它幾個團員一塊走。團長指定她負責拉一首安可曲時，蘇何又自告奮勇為她翻譜。亮子從未料到，應付年輕人的追求居然比重新拉琴難多了。

是的，不知團長看上她那一點，居然請她另外練首獨奏，作為第二順位安可曲。這對剛加入的亮子而言，無疑是重大的肯定和寶貴的機會，卻也讓她惶恐不安。當初小蜜給她看室內樂團招人廣告時，她猶豫了好一陣子，不只因為她的手感與技巧都退步許多，她的心理狀況更是無法負荷，她不覺得自己還能背譜，更別說有膽量在眾人前表演。小蜜不斷為她打氣，安慰她只是去當樂團的一分子，讓音樂帶著她療傷，又不是開獨奏會，沒什麼好擔憂的。

衝著最後這一點，亮子鼓起勇氣去面試，居然當天晚上就被通知錄取了。電話上團長親口告訴她，超過半數的團員都知道她是誰，甚至有人曾經看過她的獨奏會。就這樣她加入了這個新家庭，她慶幸自己只是團員之一，目光和壓力不會集中在她身上，容許她一個音符一個曲子找回音感。

現在她卻必須準備一首獨奏曲，拒絕團長的好意是不可能的，她只能硬著頭皮苦練。雖然講不出口，亮子其實感謝有蘇何陪著，近距離單獨相處似乎讓他看出亮子的脆弱，也讓他膽子變得更大。

「亮子，妳有什麼心事可以告訴我，也許我能幫得上忙。」

亮子不禁苦笑，不久前才有另一個年輕人講過類似的話，結果讓她吃足苦頭，進退兩難，她不打算再犯同樣錯誤，但心裡面還是多了蘇何這個人，回家後不管躺在床上，或做家事時，他溫柔堅強的容貌不時會冒出來，平復她逐漸失去寧二的煎熬。

不知從何時開始，亮子意識到寧二又開始注意她，默默地打量她，他從不過問她為何晚歸，去了哪裡，但難得一起吃晚飯時，他會以為她沒注意，開始研究她的表情，寧二顯然察覺有事情在發生，但總是欲言又止，亮子反而先沉不住氣。

「有話想跟我說？」

「我……沒有特別的，妳都好嗎？」
「你想知道我最近在忙什麼？」
「妳想做的事，我都支持。」
又是一段看似正常但毫無交集的對話，亮子失去食欲，提前一人回房睡覺。不久後寧二也進來房間，無聲地上床，兩人靜靜聽著彼此充滿挫折的呼吸聲，亮子沒有絲毫睡意，演奏會像隻大怪獸橫在前方等著她，準備吞噬她重新建立起的自信和生活，她多麼希望寧二能翻過身來抱住她，他無須講任何話，只要抱著她就夠了，讓她知道她還有個家，他們還有彼此。
「亮子，我懷念過去的我們……」
寧二突然從她背後發聲，可惜不像在對她說話，更像是喃喃自語。她想翻身過去大聲問他，那你願意等我嗎？你有看到我在努力嗎？可是她不知道自己做不做得到，還在內心交戰時，背後便傳來寧二變沉重的呼吸聲。
演奏會日子終於到來，亮子花了大半個早上再練習一遍曲子，才開始為晚上做準備。她打開衣櫃，翻到那套她最常穿上台的禮服，還包在乾洗完後的透明薄套中，套子上居然貼著一張便條紙：
祝妳表演成功！
亮子心頭一緊，原來寧二對她的行程瞭若指掌，他知道她參加了樂團，知道她今晚將首度登台，卻隻字未提，她想生他的氣，卻心虛地辦不到，或許他還和她一樣，關在自己架起的牢寵中，滿腹的話卻無處可說。或者他找到了新的傾吐對象，不再需要對她說任何話。祝妳表演成功，不帶感情的六個字，讓她猜不出文字背後的想法。她感覺到寒風襲身，自己低垂著雙手，只有提琴在側，茫然地站在荒野上，遠方幽靈正直直瞪著她。

亮子趕到音樂廳，加入其它團員做最後彩排。上次來到這個演奏廳時，她正處於人生最低點，如今舊地重遊，她刻意不去想這中間的巧合以及歷史會不會重演。

讓人煎熬的演出終於要開始了，團員們坐定位，相互微笑打氣，蘇何肯定看出亮子的緊張，特別將手放到她肩頭上，亮子感動之餘用手短暫抓住他的手指，算是回應他的體貼。蘇何難掩喜色，但來不及說什麼，布幕旋即拉起，台下傳來陣陣掌聲，亮子憑藉過去經驗判斷，應該是接近滿座的出席率，一切都真的發生了，她提醒自己，將目光專注在小提琴首席的弦弓上，順利拉出第一個音，接著直覺取代了思緒，她再度成為舞台上的表演家。

樂團完美地演出韋瓦第的〈四季〉小提琴協奏曲，台下再度傳來震耳掌聲，安可叫聲四起，接著是第一首安可的莫札特嬉遊曲，結束後掌聲依舊強勁有力，亮子心裡有數，第二安可曲勢不可免。她開始重新調整情緒，等候團長向台下觀眾介紹她和曲目。

蘇何為她翻開〈賈桂琳的眼淚〉樂譜，她一看到首節音符，這曲子所代表的青春回憶全湧回腦海中，她壓抑著淚水，完全不看譜即不停地拉奏，她的獨奏事業，她的婚禮，她的家，她的老公，她新生的兒子……

等亮子再度聽到鼓掌喝采聲，再度有意識地呼吸時，她已經拉完最後一個音，蘇何輕輕扶她起身，讓她接受觀眾的禮讚，這時她才看清楚台下面孔，被老公摟著的小蜜正向她揮手，一些許久不見的舊朋友也在席中，然後她發現了李桐，正高舉著雙臂激動鼓掌，眼中閃著淚光，她們四目相交片刻，然後李桐突然指向舞台左側，亮子跟著轉頭，淚水雖然已經模糊了她的視線，但仍能認出是寧二。他捧著一大束花，已站在舞台上深情望著她，像個做錯事的小孩走向她，亮子接下遞過來的花束。

「我真的很抱歉。」

「不，我才該說抱歉，我差點做出對不起妳的事，我以為我失去妳了……」

「你沒有失去我，我想我終於回來了。」

音樂廳的聚光燈打在他們身上，熱光照亮重新炙燒的心，兩人入戲太深，忘了向屏息的觀眾們謝幕。

隔天，寧二下班回到家，宣布李桐向他辭職了，她打算去和同學搞電影短片，繼續朝電影配樂的夢想前進，寧二聲調中只有些許遺憾，聽不出其它感情。亮子不知該如何反應，決定不再追究，夫妻隔著餐桌講了更多的話，直到凌晨，才回房相擁睡去。

再聽到李桐的聲音是近十天後，她約亮子在Bella Luna見面，兩人見面後相對而坐，有種恍如隔世的不真實感。李桐眉飛色舞談起她的電影計劃，已經有投資方感興趣云云，亮子默默聽她講，看著李桐從包中拿出一個厚紙袋，亮子認出是她當初給李桐的錢。

「妳這是幹嘛？」

「這錢我不能收。」

「妳答應我的事妳全做到了，這是妳的錢了。」

「我真的沒做什麼，就算我按照我們討論的方法，讓寧哥想起年輕的妳，但那些都不是重點。」

「他不是重點？」

「我必須為寧哥講句公道話，雖然他失落了一陣子，但他一直在等。」

「他等什麼？」

「等姐姐，從頭到尾妳才是一切的關鍵，我所有的安排都是為了刺激妳，而不是寧哥。」

亮子被說得無力辯解，因為小學妹講的是實情，但她不肯服輸。

「別把自己說得那麼神，不是所有事都在妳的計劃安排之中，有些事我還是靠我自己。」

「譬如說？」

「譬如說有個挺帥的小夥子，主動對我示好，他帶給我的刺激肯定沒比妳或寧二少。」

李桐眼中露出令人費解的光彩，亮子暗知不妙，果然李桐突然向隔壁桌的男子招手，轉眼間蘇何已坐到她身旁，兩人一塊咧嘴朝著亮子笑，笑得唇紅齒白，笑得理所當然。

「姐姐，妳見過我男朋友吧？」

天使穿過你我之間

或許亡者並非真的死去，
他們仍活在某個空間中，
用思念和記憶和所愛之人永遠連結在一起。
當記憶出現缺口時，
亡者適時捎來線索，安撫提醒我們，
真愛永恆不變

天使穿過你我之間

1

接到簡訊那天，是宗漢去世第二十三個月又九天，宗漢媽媽要她在一個月內搬家。小可想像得到，宗漢媽媽和她一樣，清楚數著每個失去兒子的日子，讓她白住兩年，已是對方容忍的極限了。

七百多個晝夜之後，小可依舊不敢輕易閉上眼睛，一旦讓腦神經取代了視神經，她擔心自己又會回到那個片刻。

送貨的小貨車剛轉過彎，車速並不特別快，宗漢當時正在過馬路，舉起雙臂笑著迎向她，他突然停下腳步，轉頭，注意力和身體同時移往左側，造成重心不穩，被貨車撞個正著，整個人騰空再落下，頭先著地。

她目睹了整個過程，絕望還來不及揪住她的心，淒厲的叫聲已淹沒意識。清醒後別人告訴她，當時每個人都嚇呆了，發不出聲音來，她聽到的是自己的慘叫聲。

可是我明明聽見另一個女人的哀號聲。

別問我，我正忙著看自己的鮮血混著腦漿流出來。

很痛嗎？

腦殼都跌破了，能不痛嗎？

小可想像著，宗漢露出一口白牙，笑她問得傻。

我還記得，那天你打扮得一整個帥氣，新買的白襯衫、紅領帶、深灰色西裝和尖頭鞋，還刮了鬍子。

我也記得，新衣是我們一塊去夜市挑的，花了大半個月薪水，可惜都給血浸透了，再也洗不掉。

結果火化時，宗漢媽媽堅持讓宗漢穿上另一套進口名牌西裝，為了這事小可介意了好久，可是她從沒正式入門，她沒有名分，更沒有發言權利。

還在為這事不開心？

也沒有。

明明就有。

只是突然又想起來……夜市買的怎能和進口貨比？

七百多個日子，小可學著盡量不去眨眼睛，不讓眼前出現空洞，不讓回憶自動去填補瞬間的黑暗深淵。可惜她的努力成果有限，就算調去上夜班，也只是延後睡覺的時間，連續站了八小時後，她再怎麼硬撐，終究會累會睏，會體力不支昏睡過去，然後再一次目睹宗漢躺在地上奄奄一息。

小可只好強迫自己做夢，既使全是噩夢也在所不惜，她寧可用不真實的夢取代黑暗，重新組合那一天。

大約是喪禮結束一個月後，她找到派車的乘風快遞據點。從那裡開始，小可一步接著一步走著，一個接著一個路口數著，數到他們準備成婚的Bella Luna咖啡店前，只要任何一個路口的任何一盞紅綠燈提早或延遲一秒鐘變換顏色，或者任何一輛計程車提前或延遲一秒鐘讓乘客上車或下車，或是小貨車與從巷子衝出的機車騎士發生輕微擦撞，或是從貨車前方穿越斑馬線的小學生向司機多揮一次手，多花兩秒鐘，只要那五公里中間發生的任何一件事出現些微的改變……

我知道，貨車就會錯過我。

那天和那天之後的每一天，都會永遠地改觀。

夢醒之後一切都沒變，宗漢仍穿著他們一起從夜市買來的新衣，充滿期待地走向她及他們準備共組的未來，突然之間他駐足轉頭失去平衡，被從街角轉出來的送貨小巴撞個正著。

兩天後宗漢在病床上斷氣，沒有吻別，沒有遺言，沒有下輩子一定要與妳做成夫妻。

你後悔嗎？

妳又來了，老愛問這問題。

說嘛，你後悔嗎？

我當然不後悔愛妳。

但你後悔娶我，娶一個沒家沒錢的女孩。

別說傻話，下輩子再當我的新娘子吧。

望著宗漢媽媽的簡訊，小可想起宗漢對她說過的話，酸楚地笑了。

她不在乎離開這住了三年的家，少了宗漢，這裡不過是個舊公寓，她只是個不付房租的過客。

她心中仍納悶起當天另一件事。

宗漢明明正殷切望著他未來的小妻子，穿著二手新娘服，戴著二手白紗，手中捧著鮮花，被一群和他們一樣窮得可憐又可愛的好朋友簇擁著，一心一意準備將自己下半生交給他。

可是你的視線轉開了。

我哪有？

少裝傻，就在過馬路的時候，你到底看見了誰？

宗漢笑而不答，每次遇上這話題他總是賴皮，用迷死人的笑容敷衍她。

那一刻，他的注意力短暫離開了她，成為永恆的離別。

小可開始收拾行李。

她沒有地方可去，她沒有家人，朋友同事們比她還窮，但她別無選擇，只得開始收拾行李，即使流落街頭，她也不願再多待一天。

她只想打包自己的東西，以及少數有宗漢共同回憶的紀念物。相識五年，同居三年，她居然沒留下任何宗漢的影像，兩人所有的照片都是用宗漢手機拍的，如今那支手機和記憶卡都被他媽媽拿走。

岩井俊二的《情書》是他倆都喜歡的小說，她忍不住從書架上抽出來重新翻讀，書中居然夾著一張中信銀行提款卡。

就是張再普通不過的塑膠卡片，卡面壓出不知名的長串帳號，放在手上幾乎感覺不到重量，小可卻覺得無比沉重。她直覺知道，卡片的帳號裡有一筆錢，也許是宗漢家留給他的錢，他不屑去動用的錢。

如今她的救命錢。

難道宗漢算準了這一天遲早會來，她將被掃地出門，所以刻意將提款卡藏在她肯定會帶走的小說中，讓她去發現？小可突然喉頭一緊，悲從中來。

如果他那麼細心體貼，為什麼要讓自己被撞死，獨留她在這世上。

很快地她發現自己連這一點都猜錯了。她試著去提款，卻想不出提款卡密碼，不是她的生日910520，不是宗漢的生日910620，更不是兩人的結婚紀念日150130。站在提款機前，小可不敢再試第四次，擔心再按錯卡片會被沒收，再按錯她會失去所剩不多的宗漢。她徹底崩潰。

你這張卡，根本不是留給我的！

宗漢沒有回答。

小可暗想，他肯定心裡也不痛快吧，精心保守的祕密居然在死後被發現，如今連扯謊的機會都沒了。小可將提款卡夾回《情書》中，重新放回書架上，兩個人各生各的悶氣。

冷戰持續了數個小時，她依然無法釋懷，只能逃離現場，不自覺地又踏上那輛小巴走過的路，五公里，二十二個紅綠燈，她一邊走著，一邊重新想像那一天，如果有任何一秒鐘出現變化，她和宗漢現在的生活會多麼不同。直到派送員模樣的男生從她面前經過，制服上繡著「乘風快遞」標誌，她才驚得停下腳步。

再見到那標誌，小可心情降到谷底，她忍不住探頭進送貨辦公室打量，櫃台後的接待員也好奇地回看她。

「真的是妳！」

接待員終於鼓起勇氣，擠出緊張的笑容，邀請她稍坐片刻，不待她開口就調頭去請經理出來，女經理也是滿臉遺憾模樣，彷彿員工訓練時他們上過相同的表情課。

女經理手中還拿著一個長型包裹，放在她面前的櫃台上。

「這是給妳的。」

「給我的？妳知道我會出現？」

小可不解地打量著包裹，是個紙禮盒，她不知該如何反應，只能再看著女經理。

「我並不知道……我們一直沒找到妳的地址，去問 Bella Luna，他們也不肯說。」

小可重新研究眼前的長型禮盒，外包裝紙因受潮而變色，更讓人沮喪的是包裝紙上貼的寄件人資料，字跡已模糊不清。紙盒子約六十公分長，五十公分寬，包裝紙和緞帶有細緻的手工感，她拿在手上，只感覺到盒子的重量。

這是怎麼回事，她有股不祥預感。

「你們知道我是誰？」

「我們都記得妳，妳就是那個車禍的……新娘。」

「我沒做成新娘。」

「真的非常抱歉。」

「妳不需要向我道歉，不是妳的錯。」

女經理非常入戲，她趕緊低下頭，嘴角開始顫抖。

「還是非常地對不起。」

「這禮盒到底是怎麼回事？」

「是這樣子的，車禍之後，因為……有人傷亡，算是刑事案件，送貨的小巴被當成證物，一直被扣在警察局那裡，大約一年前才通知領回，我們發現車上還留著這個包裹。」

這禮盒在撞死宗漢的小巴上整整躺了一年，小可感到不可思議。

「開車的司機呢？」

「過失殺人被判了五年，正在服刑。」

「車上只有這一個包裹？」

「是，我記得這是個特急件，寄件人要求在正午十二點整送達Bella Luna，還好送貨地址不遠，就臨時派專車送過去。」

正午十二點，婚禮開始的時間。

小可瞪著禮盒半晌，才忐忑地動手拆開紙盒子，掀起半透明的內襯紙，露出一張厚實的雪白色手工卡片，卡片正面用金色顏料畫著「宗漢&可薇」字樣，兩人名字下有一朵紅玫瑰，卡片邊緣還壓出兩道裝飾凹槽，非常講究。

女經理和接待員同時發出讚嘆聲。

打開卡片，一個紙做的結婚蛋糕一層層展開在小可眼前，由大而小，她數了數，共有十二層高。難怪卡片這麼長。

更多的驚嘆聲。

「真是太感人了。」

每一層蛋糕都有類似奶油的裝飾，點燃著蠟燭，迷你新郎和新娘模型立在最上層蛋糕頂端，笑顏中充滿幸福，五官像極了宗漢和她。小可再翻開卡片內頁，用秀氣的筆跡寫著兩排字：

我祝福你們，

我更恨你們

小可倒吸口氣。祝福他們又恨他們的人沒有署名。

「我要知道這是誰送的？」

女經理非常配合，從櫃台後消失了幾分鐘，再出現時，臉上專業的遺憾表情中混雜了一絲困惑。

「紀錄上的寄件人叫……小黑。」

「姓呢？」

「就只有小黑。」

「這是本名嗎？」

「時間過了這麼久，我實在不記得當初怎麼接這單子的，可能是因為趕時間，付的又是現金，我們就沒在意。」

其實小可明知故問，她知道小黑是誰，宗漢一年四季都愛打籃球，曬得皮膚黝黑，一起打球的哥們給他取了這綽號。

有人匿名用宗漢的綽號，專程送了特製的立體卡片到他們婚禮上，表面上祝福他們，卻又憎恨他們，難道是想取笑他們買不起十二層大蛋糕？

「妳還有寄件人的地址？」

女經理搖頭，仍是上過表情課的遺憾模樣。

望著遲了近兩年的結婚賀卡，小可心底浮起深深的憂傷。

宗漢生命中果然還有另一個人。

「那個撞死我先生的司機……怎麼可以聯絡上他？」

女經理先是沒反應過來，等搞清楚小可的企圖更顯得為難。在小可堅持下，乘風替她聯絡了正在服刑的小貨車司機，果不其然對方拒絕提供姓名，也不願與她通電話。

其實只要小可願意，她總有辦法查出司機的資料，只是她有求於人，不想激怒對方。她決定只要了囚犯的編號，寫信到監獄給他。

親愛的37927：

我鼓起很大勇氣，才冒昧寫信給你
請相信我，我不是想追究過去的事
我無心責怪你，或任何人
只是想搞清楚一個長久困擾我的問題
那天當你撞上我未婚夫的瞬間，他正轉頭望向左側
他顯得很意外，像是見到不該出現的人
從你的駕駛座位置，應該能看見他的左方
你是否注意到當時他看見了誰？
我知道我的請求很荒唐

但這世界上，也許只有你能給我解答

如果你當時看見了什麼，能告訴我嗎？

周可薇敬上

小可從未做過如此大膽又冒失的事，她只能確定37927會收到她的信，卻毫無把握對方會如何反應。

老公，萬一他讀完不回呢？

萬一他根本不讀呢？

坐牢肯定很無聊，收到被害人未婚妻寫來的信，他會不好奇嗎？

好吧，我承認他會好奇，也可能會拆開信來讀……但如果我是他，我絕不會給妳回信。

你真的這麼覺得？

妳想想看，他被判的是過失殺人，如果表現良好，或許坐滿三年牢就能假釋出獄。

所以呢？

他給妳的任何回答，只要有一絲絲對他不利，顯示那不是一場意外，就能被用來挑戰他的判決，甚至影響他假釋的機會，他為什麼要冒這種險？

我發誓，我絕對不會做這種事。

妳不發誓我也知道妳不會，可是他不是我，他又不認得妳，為什麼要冒險相信妳？

小可感到無比喪氣，她知道宗漢是對的。

兩周後，她收到回信。

親愛的周小姐：

收到妳的信，我感到萬分驚訝和惶恐

我不確定妳想問什麼，或者我能幫什麼忙

當時一切發生得太快……

唯一能確定的是，我沒及時看見妳先生

我很想親自向妳道歉，老天居然用這種方式給了我機會

我深切地期盼妳能走出傷痛

請不要原諒我，我是一個罪人

37927 敬上

2

兩周年忌日這天，小薇獨自走在通往清溪禪寺的山路上，她調整心情，刻意放慢腳步，每塊

石階都盡量踩得踏實。

萬一遇見你家人，我該說什麼？

他們絕不會出現在這的。

你就這麼有把握？

他們去年也沒來，不是嗎？

小可心中仍不踏實，只能安慰自己宗漢是對的，在這節骨眼上，宗漢媽媽不會想撞見就要被掃地出門的準兒媳婦吧。

冬天太陽還沒升起時，她就已經起床，不再貪圖棉被的溫暖，她刻意沐浴淨身，換了身洗過曬暖的冬衣，再套上宗漢送她的紅毛線手套和黑短靴，準備上山為他燒一炷香。

可是走在山路上，她的思緒不時被那封來自37927的回信打斷。對方意外地回信了，卻沒提供任何答案或線索。

她卻忍不住好奇，快遞公司小貨車的司機怎麼會用「惶恐」或「期盼」這種文謅謅的字眼寫信，難道他是個打工的大學生？大好前程也被一場意外車禍給毀了？

「小可？」

小可暗驚轉頭，以為真遇上宗漢媽媽，她毫無心理準備。

喊她的人讓她更驚訝，曾是繼母的家慧正微笑望著她。自從父親和繼母離異後，小可只在父親的告別式上見過她一面。

她的不知所措全被繼母看在眼裡。

「如果不嫌棄，還是叫我一聲媽吧。」

歲月並沒有厚待家慧，她笑起來時眼角拉出深深的魚尾紋，小可想起繼母多年前也失去了至親，頓時心軟了。

「媽。」

出乎意料地，一股溫暖感受從她腹中升起。家慧更像是觸了電，趨前緊緊抓住她的手臂，良久才鬆開。

「真沒想到，有生之年還能再聽妳這麼叫我。」

強烈的親密感籠罩小可全身，她不自主地發抖。

「媽，妳怎麼會在這裡，也來上香嗎？」

「今天是妳特別的日子，我猜想也許能在這遇見妳，果不其然。」

「您知道宗漢的事？」

家慧點頭，深深嘆一口氣。

「真可惜啊，這麼年輕就走了……他走的時候幾歲？」

「再兩個月才滿二十六歲。」

想起浪費了的年輕生命，小可腦海中瞬間浮現另一張久違的臉龐，稚氣未脫的少男，長滿青春痘，笑容如陽光般燦爛。

「原來媽一直在關心我，我卻沒保持聯絡。」

「不需要說這些客套話，在我心裡頭，永遠住著妳這個女兒。」

家慧認真地撫住胸口說，小可只能感動地點頭回應。

由於是非假日，禪寺內香客不多，很快輪到兩人上香。她感謝繼母沒一直顧著敘舊，容許她片刻安靜。歲月匆匆，往事歷歷，她默默地和宗漢再講些心事，淚水不爭氣地擠壓著眼眶。

朔風野大，香煙繚繞，線香燒得特別快，眼看就去掉大半截，她懷疑是宗漢在搞鬼，故意召來山風，想趕著她早點結束離去。他向來不信鬼神之事。

祭拜結束後小可陪繼母回家，正如她所料，家慧仍獨自住在萬華，一幢舊公寓的頂樓。父親去世前，父女一直住東區老家。當年繼母似乎鐵了心，故意往相反方向搬，要和前夫隔得越遠越好。

「剛離婚時身上沒什麼錢，只能住這種地方，心想只是先暫時待一陣子，一轉眼居然也住滿十年了。」

家慧到廚房裡燒開水，端出各式日本和菓子點心讓小可吃。

「我曾考慮邀妳過來玩，可是一想起妳爸的脾氣，就打消主意了。」

小可只能苦笑，有些成見是改不掉的。

其實到現在她仍搞不清楚，他們到底為何離異。當年兩個偶然相遇的鰥夫寡婦，各自拖著一名稚孩。他們陷入熱戀，堅信可以攜手重新打造一個家，可惜兩人試過又放棄了，一切歸零重來。

父親未從離婚的陰影走出來，第二次婚姻掏盡了他一切氣力，結束後連拾起滿地碎片再往下走的勇氣都沒了，某天他將自己關在車裡，用膠帶封死車門車窗，吸足汽車廢氣後沉沉睡去，再沒醒過來。

繼母獨自出現在告別式上，送父親最後一程，她眼中含著倔強的淚，親戚們的刻薄話一句也沒回。

那時小可正在準備考大學，一夕之間變成無父無母無手足的孤兒，告別式那天也是她十八歲生日的隔天，法律上她已是成人，親戚們得知這消息頓時鬆口大氣，因為無須為她的未來做安排。小可苦澀地收下成年禮，渾渾噩噩考完試，接著她賣掉父親留下的小房子，扣除貸款，剩餘的錢勉強讓她撐完念大學。

家慧為她熱抹茶時，不忘解釋這些年她都在日本料理店工作，從女侍一路當到店長。小可不時點頭，注意力卻被掛滿屋子的各幅油畫佔據，畫的大多是家慧本人。

「這幾幅畫畫得真好。」

「我也很喜歡。」

「如果媽不是畫中的模特兒，我還以為是妳的作品呢。」

「我哪有這種天分，都是阿佐畫的。」

終於又聽到這名字，阿佐，既熟悉又陌生。

陽光般的少男笑臉再度出現在她眼前，小可幾乎不敢正視。

繼母臉上充滿回憶，卻看不出一絲傷感，小可望著她暗自鼓勵自己，如果時間能療癒喪子之慟，或許有一天，她也能走出喪夫之苦。

「阿佐真有才華，我記得他小學時就會用炭筆畫石膏像，用水彩畫風景寫生，那時候他還沒開始畫油畫。」

「還是不喜歡叫他哥？」

「從來就不喜歡。」

「他上高中後就不畫了，迷上別的玩意。」

「我記得他念附中。」

「附中沒錯。」

小可突然露出促狹的表情，心想如果阿佐現在能看見她，不知會有何反應？繼母則若有所思，沒注意她的表情變化。

「小可，今天妳夫家怎麼沒人去禪寺？」

「他們……我不知道。」

「妳應該主動邀公婆一塊去才對啊。」

「媽，其實，我們沒有正式結婚，車禍發生在婚禮之前。」

「沒先去登記？」

「我們不懂那些。」

「是啊，你們都太年輕，只知道愛得死去活來。」

聽到年輕兩字，阿佐又一次出現小可腦海中，小時候她總是不服氣，阿佐只比她大兩個星期，卻成為她的哥哥。

「媽，我想看看阿佐的房間，可以嗎？」

家慧流露出欣慰的笑容。

「看妳嘴硬，開始想念他了吧。」

小可笑而不答。

「自己去吧。」

抱著複雜的期待心情，小可來到久無人住的舊房間，輕輕推開房門，踏進被時間塵封的少男世界。

房間並不大，被家慧整理得很乾淨，阿佐生前用過的高中文具和書籍都被完整收藏著。牆上掛著更多他的舊作，一幅幅炭筆和水彩畫，多年後仍讓她驚嘆，阿佐真有藝術細胞。

轉過身，小可發現床頭櫃上擺著大相框，框內居然是張兄妹的合照，兩人都還是小學生，阿佐剃平頭，她綁辮子，親密地臉貼臉，對著父親的鏡頭傻笑，阿佐露出一排缺了門牙的白齒，她則抿著嘴笑得神祕。

小可不記得他們何時曾這般友好過，她不禁看傻了，臉頰微微發熱，一種淡淡的甜蜜湧上心頭。

她的注意力移往阿佐睡過的單人床，平整的枕被貼著素色床單，枕頭旁立著淡藍色的填充布玩偶，玩偶觸動了更多回憶。她眼睛發亮，認出那正是兒時最心愛的獨角獸娃娃，當年家慧和阿佐搬走之後，獨角獸也隨之消失，讓她傷心了好一陣子。

果然被阿佐偷偷帶走了！

親愛的37927：

如果我的原諒對你很重要

讓我誠心告訴你，我完全徹底原諒你了

期盼你安心地服完刑期，早日假釋出獄

我更希望你能再試著回想，車禍前發生的事

這幾天我對回憶有了新的領悟

我巧遇了我的前繼母，她堅持要我仍叫她媽

我也想起我曾經有個哥哥，我繼母的兒子

他許多年前生病死了，但繼母調適得很好

是對兒子的回憶和愛，支撐著她度過每一天

她要我搬去跟她住，我雖無家可歸，也不能打擾她

假哥哥曾偷走我心愛的玩偶，如今又讓我偷回來了

（我從未偷過任何東西）
所以記憶是很奇妙的東西，緊密地牽絆著過去
一個舊玩偶也能牢牢抓住你的心，做出瘋狂的事
直到記憶重新出現腦海中，你不知覺你仍擁有它
再細微的記憶對我都可能是寶貴的線索
請再努力回想，謝謝你

周可薇敬上

上完大夜班後回到家，小可尚無睡意，躺在床上把玩著失而復得的獨角獸。布娃娃雖然舊了，褪了點色，大致還是記憶中的模樣。

小時候阿佐總想將獨角獸佔為己有，她就偏不讓他，兩人輪流搶來搶去，藏在隱密的地方直到被對方找出來，再藏在更想不到的地方去挑戰另一人。

小可突然覺得興趣盡失，將獨角獸擱在枕頭邊，不想理會它。

不喜歡嗎？這布娃娃保存得很好。

還好吧。

為什麼沒興趣了？

說不上來，我猜是我長大了。

還是因為沒人和妳搶了？

小薇努力思索，想不出如何回答宗漢，卻難得睡了一個無夢的覺，暫時忘卻自己在守寡。

親愛的周小姐：

讀了妳的信讓我一夜難眠……

謝謝妳，妳的原諒對我意義重大

我保證我會努力去回想，為妳找出線索

妳為何說妳無家可歸，妳是當真的嗎？

我想我可以幫上一點忙

37927 敬上

小可按照37927的指示，從花圃乾泥巴中挖出鑰匙，她暗自慶幸，兩年時間並沒讓鑰匙生鏽得太厲害，她順利打開小公寓的門。

她萬萬沒料到，對方會留心她不經意寫下的玩笑話，提及無家可歸一事。也許她不該感到意外，坐牢的人手中最多的是時間，最缺的則是與外界聯繫。她想像著37927反覆讀過她寫的每一句話，每一個字，讀出了她的困境。

在第三封回信中，他提出一個讓她無法拒絕的建議，他居然有套小公寓，打從他入獄之後就一直空著，而且離她工作的便利店坐公車僅十來分鐘。

妳真要搬進去？

小可心中有數，宗漢肯定不喜歡她的決定。男人就這德性，即使人死了，也想把女人佔為己有。

我又不是搬來和他住。

可是他遲早會出獄。

到那時候，我早就搬走了。

妳就真相信這房子是他的？小貨車司機怎麼會有錢買房呢？

他不是普通司機，從他寫的信就讀得出來。

我還是不喜歡妳住別人家。

難道你有更好的主意，要我去求你媽，別把我趕出門？

她被自己突如其來的怒氣嚇著了，思緒十分紛亂，果然宗漢也不再回話。這讓她更加惱怒，決定氣氣已不存在的老公。

整個周末，小可找浩妞來一齊搬家，她果然只帶走私人東西，大部分是與宗漢共同擁有的，宗漢其餘的遺物和傢俱全留給他家人。

浩妞是她伴娘，有波有腦的女中豪傑，個性卻超少女心，《我的少女時代》看十遍哭十遍。浩妞耐心地幫她打包，兩人交談不超過十句，彼此多靠眼神溝通，任由小可最後一次沉浸在睹物思人中。

等兩人將行李箱全拖回37927公寓，在客廳坐下來打開便當時，小可才感到一陣不知所措，過去五年與宗漢的生活真的走到了盡頭。她草草吃完晚餐，逕自回新臥房關門睡覺，再出房門時已是隔天中午，她驚訝發現浩妞仍坐在相同的位子上，兩眼泛紅，喃喃自語。

「怎麼沒去上班？」

「找人代班了。」

「那怎麼不睡覺？」

「還不習慣。」

小可感到哭笑不得，鼻頭卻開始發酸。

「是我搬進來住，又不是妳，有什麼好不習慣的？」

「從今天開始，這裡就是妳的家了，可是我感覺不到宗漢的存在。」

這正是小可最怕聽到的話，浩妞還是不長眼地脫口而出，她忍不住發火。

「浩妞，妳要替我開心，這代表新的開始，我終於踏出了第一步！」

浩妞再抬頭時已淚眼汪汪。

「我知道，我應該為妳開心，可是一下子還不習慣。」

接著浩妞誇張地緊緊擁住小可，抱頭痛哭，良久才推開她，拿起用過的餐巾紙擤鼻子。

「丟臉死了，哭得像個女生似的。」

「放八百個心，我絕不會講出去的。」

「妳敢？看我怎麼修理妳。」

兩人破涕為笑，一起環顧房子，除了基本傢俱幾乎空無一物。

「妳真相信這房子是他的，一個開小貨車的司機？」

「宗漢跟妳說了一模一樣的話。」

「宗漢？」

浩妞旋即會意過來，深深看著心虛的小可，小可躲開她的目光。

「看什麼看……妳不會懂的。」

親愛的 37927：

謝謝你暫時收留我，我已經搬進你家

記得我的小獨角獸玩偶嗎，它伴我度過了第一周

和它重逢我應該感到興奮，事實上卻沒有

也許是假哥哥不在了，沒人和我爭，也就不覺得寶貝了

房子保持得這麼乾淨，讓我很意外，幾乎是一塵不染

我留意到其中一個房間上了鎖

請放心，即使你沒鎖門，我也絕不會偷看的

再一次謝謝你，我會好好照顧你的家
你回來之前，或者我找到住的地方，就會搬走

周可薇敬上

親愛的周小姐：

請不要提搬走的事，從今天起這裡就是妳的家
也許妳不希望視此為我贖罪的方式
但知道有妳住在房子裡，我感到無比安慰
就算是我為妳做的，一點點最起碼微不足道的貢獻吧
我沒大不了的祕密，還是謝謝妳尊重我隱私
當初只是想，也許可以將公寓租出去
等人被關進牢中，對金錢的概念越來越模糊
也就沒放心思在出租房子的事上了
家中所有的空間和東西請盡量使用
對了，妳會溜滑輪嗎？儲藏室中有雙新滑輪鞋
如果妳喜歡，就當作送妳的喬遷禮物

37927 敬上

小可在小廚房後方找到暗門，門板背後果然有個儲藏室，塞滿各式各樣罐頭存糧，還有備份的家庭用品、衛生紙、廚浴洗潔精等，可惜大多已過了保存期限。

她也找到兩雙滑輪鞋，不是坊間常見的直排輪鞋，而是老式的四輪鞋，一雙比較大，輪子也磨得有些變形，較小的一雙則還沒拆封，她好奇地拿來和自己的腳相比，尺寸居然剛好。

3

連續一周整理新家，讓小可精疲力盡，只能強打精神埋首工作。換班時，順子湊過來向她抱怨事情，這是她們日常的消遣之一。今晚順子卻顯得不太對勁，臉上寫滿興奮之情，像是有天大祕密要分享。

「聽說了沒？已經發現第三隻了。」

「什麼第三隻？」

「妳還不知道嗎，有人在店裡偷藏了東西，已經是第三次被發現了。」

「有人偷東西？怎麼沒聽經理交代這事？」

「不是偷東西，是偷放東西，有人在店裡藏了小信物。」

「小信物？」

「我只見過一次，就是那種用紙折的小玩意。」

「是惡作劇吧。」

「不像惡作劇，更像是在傳情。」

中學生沒錢沒地方約會，買個飲料霸佔店內小桌，談上幾小時的小情小愛不是新鮮事，小可總是睜隻眼閉隻眼。利用便利商店藏禮物相互傳情倒是新聞。

「東西在哪，讓我瞧瞧？」

「去問經理啊，他要特權，小信物全佔為己有，肯定拿去送女朋友了。」

見順子忿忿不平翻白眼，像是逮到經理侵佔公款，還欠了她工資似的，小可只能陪笑。

神祕小物持續在店裡被發現，年輕同事們樂此不疲，甚至不等經理要求，就主動做起盤點貨品的苦差，真正目的是為了尋寶，比玩寶可夢還刺激。

尋寶通常從早班就熱烈展開，等輪到大夜班時信物早就被找到，小可雖有點好奇，卻也不特別在意。她暗自佩服店經理，肯定是他想出這鬼點子，用小把戲激發工作效率。兩天後，就在小可清理鐵罐飲料貨架的時候，終於輪到她了。

貨架末端黏著一個閃閃發亮的小東西，可能因為藏得太隱密，才沒被日班同事先奪為快。她立即認出銀色亮光紙折成的小動物，宗漢搶先講出答案。

是隻獨角獸。

還用得著你說？我早看出來了。

她趴在地板上，伸長手將栩栩如生的迷你銀獸取出冷藏櫃，放在手心中仔細打量，它頭上那隻長角做得格外精巧可愛。

這麼巧。

什麼這麼巧？

妳哥偷走一隻，現在又出現一隻。

他才不是我哥。

考慮半晌後，小可決定犧牲精巧的小獨角獸，小心翼翼將銀色亮紙展開來，亮紙背面寫了兩個字，再加上兩個驚嘆號。

還我！！

小可不禁啼笑皆非。

有什麼好笑的？

這句話是我小時候最愛講的，居然有人跟我講一模一樣的話。

還我？還我什麼？

兒時的記憶又浮現眼前，她不知扯著嗓子對阿佐喊過多少遍「還我」，然後阿佐總會回敬「偏不」，最後氣到她臉紅脖粗去向爸媽告狀。

他們爭的不只是布娃娃，還有跳繩、鋼筆、橡皮擦、悠遊卡、日記本、充氣游泳圈，甚至小男生寫給她的情書，全都遭過阿佐毒手。

妳怎麼臉紅了？

胡說，我才沒有。

小可臉紅，是因為她想起最過分的一次，阿佐偷拿她剛開始用的衛生棉，去向他的死黨獻寶，一群臭男生窩在他房間傳閱，爆笑，氣得小可拒絕再和阿佐說話。這招很管用，才過一天他就沉不住氣，乖乖將衛生棉還給她。

店經理居然像她和阿佐一樣，玩起相同的把戲。

妳打算怎麼辦？

當然是宣戰啊。

小可找來簽字筆，將「還我！！」劃掉，用力寫上「偏不！！！」，然後按著折紙痕跡，勉強重新折回獨角獸的模樣，只是變得胖了一圈，頭上的角則縮水了。

下班前，她將發胖的獨角獸放回鐵罐飲料架末端，等著看會不會被惡作劇的主管發現。隔夜上班時，店經理果然出現在櫃台後，表情怪異地盯著她。小可馬上心中有數。

「你怎麼來了？」

「幹壞事之前也不懂得先暫停監視器。」

小可硬著頭皮裝傻。

「誰幹壞事了？」

店經理冷笑，對著她勾食指，示意跟他進辦公室。他重播了一遍店裡清晨的錄影畫面，正是小可半趴在地上，將獨角獸放回原處的糗樣。

「有什麼辯解的話要說？」

「沒有。」

「他幹嘛寫還來？」

「你講的他是誰？」

「妳不認識？」

「我以為是你安排的……」

經理的認真表情清楚傳達一個訊息：她大錯特錯。

「如果不認識，幹嘛回他偏不？」

「嗆回去啊，警告臭小孩別再騷擾我們。」

「所以妳真不認識這個人？」

小可搖頭，經理仍滿臉狐疑。

「有沒有興趣看他長什麼模樣？」

小可這才看出，店經理其實很想分享他的發現，趕緊配合點頭。

店經理果然很閒，他不知花了多少時間，將放小信物的神祕人出現過的畫面全剪接在一塊，而且時間全集中在下午，到店裡各個地方偷塞他做的獨角獸，小可不禁看傻了。

「每隻顏色都不同！」

「一共六隻，全給我沒收了。」

經理索性拿出他的戰利品來獻寶，見他志得意滿的模樣，小可有股衝動想把獨角獸全搶過來，只是苦無機會下手。她念頭一轉，突然又不想那六隻紙信物了，因為她擁有真正的獨角獸。錄影畫面中，年輕男孩模樣很普通，大約十七八歲，完全不引人注意，他面無表情，刻意表現得很自然，罩頭外套蓋住一頭亂髮，露出的半張臉蒼白而認真，下手藏東西的速度則快速無比。

小可有股錯覺，以為她看見的男孩是阿佐。但她自知不可能，她從未見過那男孩。

下班後小可趕回家，急切地將自己的獨角獸擁入懷中，並有股衝動想寫信給37927，告訴他這幾天的奇遇，但宗漢打斷了這念頭。

以前有什麼事，妳只告訴我。

你還是第一個知道的啊。

這不一樣。

哪裡不一樣？你明明知道我所有發生的事。

那是因為妳和我已經變成同一個人。

老公，你這是在吃醋。

我當然在吃醋！

小可只得打消寫信的念頭，卻揮不去內心的不安。過去她只要有宗漢的愛就夠了，凡事只想和他分享，如今宗漢真正內化成她一部分，她反而渴望新的分享對象。小可開始瞧不起現在的自己。

當天晚上她打算穿上全新的滑輪鞋去上班。她說服自己（和宗漢），她只是想知道自己是否還會溜，因為上一回套上滑輪鞋時她仍是小學生。

她忘了是哪一年，爸爸買給她和阿佐當作聖誕節禮物，他們興奮地一起衝去冰宮，跌跌撞撞地努力學習。她只記得阿佐學得比她快，但一直學不會倒溜，讓她很得意。

幸好宗漢沒反對這念頭。

妳腳踏車是小時候學的，到現在還會騎對吧？

當然會。

那就是了，溜輪鞋就像騎腳踏車，一旦學會就忘不了。

即使宗漢這般鼓勵她，小可還是先到附近公園內練習，雙腳很快找回兒時的記憶，她膽子越來越大，放開手在公園裡橫衝直撞，甚至敢在陌生人面前表演倒溜功夫。

相信我沒錯吧。

嗯，謝謝老公。

宗漢態度的轉變讓小可窩心，她幾乎忘記這才是正常人過的正常日子，有歡笑，有淚水，有得也有失，跌倒之後再爬起來，超越失去的悲傷勇敢前進。

逆著傍晚的風，她盡情溜著，淚水盡數被趕回眼眶內，混著唾液吞入滿是苦水的腹中。

驀然回首，歲月已深，燈火熄盡，伊人無蹤。

長久以來頭一回，她感受到一無所有的痛快。

親愛的37927：

穿著你送我的滑輪鞋，昨晚我一路溜到工作的便利商店

我本來擔心不會溜了，還好未婚夫鼓勵我，學過就不會忘

如同真正愛過一個人，他終生都會是你的一部分

或許你覺得我瘋了，死去的人怎麼會鼓勵我

其實我仍感覺到他在我身邊，常常和我講話

謝謝你的禮物

周可薇敬上

親愛的周小姐：

昨夜躺在牢房裡，我久久無法成眠

我不覺得妳瘋了，妳對他的深情讓我感動萬分

可以和我分享你們如何認識交往的嗎？

37927 敬上

讀完信，小可感到一陣為難，她從未和浩妞以外的人分享過這段往事。

宗漢，要告訴他嗎？

妳自己決定吧，看得出妳很想。

宗漢話中帶刺，小可只能故意忽略他，37927的請求給了她再度去回憶的理由，她雙眼散發出光彩，神情因溫柔而迷離。

六年前的那天，她第一次與宗漢相遇，他念的學校剛好去她學校比賽籃球，那時她大二，並不喜歡看球，只是剛好沒課，被女同學拖去為她的男朋友加油。宗漢也是大二生，下半場才替補上場，結果在上千名圍觀群眾中，宗漢一眼就發現了她，接下來的比賽他似乎再也無法專心，目光不時回到她臉上。

小可將這段回憶寫在信紙上：

那種感覺很奇妙

像是他去我學校比賽，就是為了認識我

我們很快開始交往，宗漢直覺地懂我的脾氣

我喜歡什麼，不喜歡什麼，他本能地全知道

第一次約會他就送黑巧克力，我最喜歡吃黑巧克力

我性子急，不喜歡別人遲到，他總是提早十五分鐘等我

我無理取鬧時，他會先不理我，等我冷靜下來再自己認錯

還有當我感冒晚上咳不停時，他會讓我側躺，輕拍我的背

他會握著我的手，這樣我才能入睡
宗漢特別愛握我的手，散步時握，看電影握，睡覺也握
有一回我們搭火車去旅行，車上人雜，我心情亂睡不著
他守在我身旁，握著我的手陪我聊天，直到我睡著為止
下車之後，我就決定跟他一輩子
宗漢也不是全沒缺點，他永遠護著他家人
他媽媽從一開始便反對我們交往
他只會消極面對，選擇和我住在外面
避免和家人見面，連婚禮也不敢請他們來
當時我不在意，但過去這兩年我越想越委屈
宗漢還留了個銀行帳戶不讓我知道
我試過我們的生日和結婚紀念日，都不是帳戶密碼……
寫多了，就當作我在發洩吧
我依舊愛他，如同七年前首次相識的那天

周可薇敬上

打從將信投入郵筒的那一剎那，小可開始後悔，而且越想越懊惱，她居然將自己最私密、埋

得最深的感受，毫無保留地寫給從未謀面的陌生男人，而且是撞死宗漢正在服刑的兇手！

她考慮向浩妞坦白交心，她知道浩妞絕不會背叛宗漢，她希望討來一頓言語羞辱，越惡毒越好，最好被浩妞罵成不要臉的死婊子，不但不恨殺夫兇手，還睡他家，不斷寫信給他，這些正是死婊子才會做的好事！可是，小可越考慮越辦不到，就算浩妞將她臭罵得體無完膚，最後仍會要她給個解釋，而她將說不出口。

她如何向她解釋，37927不像是陌生人，至少在她內心不是，他們已交換過太多封信和祕密，一種無形的熟悉甚至信任已然形成。

她如何開口向浩妞或任何人解釋，37927的信帶給她安全感？

小可清楚她不能任由自己如此沉溺下去，她必須停止與兇手通信，然後在他出獄前搬走。

紙做的獨角獸停止在便利店內出現，年輕同事們頓失上班重心，士氣一蹶不振，小可也略感失望，擔心自己破壞了一對年輕男女的傳情遊戲。

幾天後，她又收到來自監獄的信。

親愛的周小姐：

妳是否想過，也許他用你們初見面的那天當密碼？

37927敬上

4

小可克制住給回信的衝動，卻壓抑不了內心的罪惡感。她發覺自己病了，起初以為只是小感冒，等到隔天全身無力，連床都沒法下時，她才知道事態嚴重。

家慧突然主動打電話來，詢問她最近過得可好，小可強忍不適，隨便編個謊話搪塞，可是她的虛弱連一般人都聽得出來，何況是曾拉拔她長大的繼母。

不到半天時間，家慧急忙地趕來，帶著剛煲好的人蔘雞湯，小可沒有力氣抗拒，只得順從地讓繼母餵她，再度沉浸在兒時的親密感中。

「很不舒服嗎？要不要去看醫生？」

小可只是搖頭，不想解釋她的收入有多微薄。

「我看妳根本是營養不良，平常都沒好好照顧自己。」

家慧眼中充滿憐惜，口中雖不停嘮叨，念在小可耳中都像是悅耳的樂聲。等喝完雞湯，家慧不顧小可抗議，命令她繼續補眠。

「我睡太多了。」

「胡說，生病的人就是要多休息。」

「媽，我真的睡不著，我們可以聊天。」

「聊天有的是機會，現在好好睡覺……妳把身體側過去，媽知道該怎麼辦。」

家慧邊說邊擠到床上，硬逼著小可翻身側睡，她自己躺在繼女旁邊，開始輕拍她的背。

「以前妳睡不著時，只要輕輕拍幾分鐘，自然就睡著了。」

小可心中暗驚，忍不住翻過身來。

「媽，妳怎麼也知道這樣可以讓我入睡？」

「這是什麼話，我看著妳長大，怎麼會不知道妳的習慣。」

「可是我以為……」

她想起宗漢生前的深情模樣，直覺曉得如何讓她放鬆，讓她有安全感。

「被妳這麼一問，媽倒想起來了。」

家慧露出恍然大悟的模樣。

「其實是阿佐告訴我的……那時候妳小六，也是像這樣重感冒，而且咳個不停，他說妳喜歡被拍背。對，就是他說的，不肯回自己房間，一定要陪妳睡到天亮。」

小可完全不記得這段往事，拍背的事居然是從阿佐開始的，而且他們曾經同床而睡。

「沒什麼好害羞的，你們還是小孩子嘛。」

再度被繼母看穿心事，小可虛弱地笑著，深藏腦中的兒時景象開始一幕幕閃現。

記憶中的阿佐雖然陽光熱情，也有非常認真執著的一面。

小二那年他們成為一家人後，他無視小可拒絕承認他的兄長地位，擅自決定要扮好哥哥角色。好幾次小可做錯事，他都撒謊把過錯攬在自己身上，代替她受罰。有好吃的東西，也堅持妹妹要有一份，他才願意吃。

他們一起同班念了六年書，從小學跨到國中，小三小四時老師甚至安排他們坐隔壁。阿佐堅持兩人一起上學，放學後如果小可要留校，他總會找理由待在學校鬼混，等小可結束再一塊回家。

更要命的是男生，想到這裡小可不禁莞爾。

國一開學頭一天，阿佐上台自我介紹，很認真地宣布他妹妹是大美女，警告所有男生不准追她，引來全班哄堂大笑，而且很快在全校傳開，引來更多訕笑和好奇目光。

小可頓時成為學校紅人，羞得好幾天不敢去上學，因為兩人既沒血緣又不同姓，但阿佐堅決執行這項規定，還和想追她的學長打過架。

國二後阿佐更變本加厲，任何男生想找小可講話，都得先經他同意，他這種霸道行徑曾讓她有點窩心，又有點困惑。

「佐，為什麼要這樣管我？」

「我是在照顧妳。」

「連爸媽都不會這樣管我，你憑什麼？」

「妳還不懂，小男生都很色。」

「就是不懂才問啊。」

「誰叫妳長得這麼漂亮。」

現在回想起來，這可能是絕無僅有一回，阿佐如此稱讚她，他說這話時硬裝出嫌惡語氣，曾讓小可以為自己臉上生瘡，或是頭髮長滿蝨子。

阿佐轉去別的學校念國三，如同六年前他突然地出現，又硬生生從她生命中消失。

走了愛管閒事的偽哥哥，小可卻像受到詛咒，從此再也沒有男生對她感到好奇，更別說示好。高中就在懵懂之中度過。她曾迷戀兩個學長，但對方對她絲毫不感興趣。她逐漸認清事實，是阿佐給了她錯誤的印象，她長得並不特別，既不有趣也不迷人。

囧況一直到大二上才改觀，幸運之神奇妙地來敲門，帶來一個愛打籃球的大男孩，如同阿佐一般陽光，卻更加溫暖。

小可永遠忘不了首度相遇的那一刻，籃球場邊擠滿男女學生，兩邊各有搔首弄姿的女啦啦隊賣力為自己學校加油。她記得宗漢打後衛，正在場上喘氣急跑傳球，瞬間一切變成慢動作，他緩慢地轉過頭，兩眼居然正對著她，在上千名圍觀群眾中，他就這麼直直死盯向她，彷彿對著她說，別懷疑，就是妳了，然後露出那抹她甘心為他死的笑容。

他們此生注定要在一起。

臨終之前，宗漢看起來依然像初見面那天一般，乾淨而真摯，彷彿在對她說，小可，妳和我走到了這一步，我完全沒有變，我的笑和我對妳的愛永恆不滅。

可惜的是，只需一個閃神，美好的神話就被拆穿了。永恆是太脆弱的一種概念，它要求太長的時間，最終會被揭穿。

任何人都經不起永恆的考驗。

在家慧細心照料下，小可的病情逐漸好轉。家慧得知她體寒，冬天裡整日四肢冰冷，厚被子蓋上個把小時腳還會隱隱發麻，於是從自己家搬來電熱器，放在她房間內。但這些都不夠，半夜裡她仍咳不停，家慧決定留下來過夜，一聽到咳嗽聲就爬起身，端杯熱開水來給小可暖身，再為她穿上毛襪。

「我腳會流汗。」

「流腳汗總比咳膽汁強吧。」

「媽，妳記得阿佐給我取的綽號嗎？」

「妳有好多綽號。」

「第一個，剛認識時他取的，聽起來很可愛。」

「我想起來了，小真敵，小小真正的敵人。」

母女兩人一起笑出聲。

「開始時我不懂什麼意思，以為他在喜歡我。」

「傻丫頭，阿佐一直很喜歡妳啊。」

小可不知如何反應，只得假裝又開始咳。家慧趕緊多拍她幾下。

「媽，我好懷念小時候。」

「我也是，但我更珍惜現在。」

小可有股衝動，想問繼母關於阿佐的往事，他是怎麼病死的，但又擔心會惹繼母傷心。她主動摸到家慧的手緊緊握住，才放寬心睡去。

等她再咳醒時，繼母已不在身邊，緊握著的那隻手，不知何時換成一本小說，正是《情書》。她猶豫地看著手中的書，卻不敢去翻它，彷彿能感覺到那張提款卡的厚度。她想起37927最後一封信的建議，一個和生日或結婚紀念日同等重要的特別日期。

111215。

等她能夠出門了，小可鼓起勇氣再度來到提款機前，輸入那個和宗漢在球場初見面的日子。機器宣布她仍然錯了，宗漢並沒用那天當密碼。

「這種事我也發生過。」

小可轉身，一個三十歲左右的女子正打量著她，她像是剛下班過來領錢，一切都顯得偶然，卻又有些不對勁。

「怎麼想密碼就是想不起來。」

小可勉強擠出苦笑。

「這是我先生的卡。」

「原來是他的？」

女子的笑容頓時僵住，錯愕地看著她，顯然知道自己說溜了嘴，她欲言又止，掙扎片刻後突然調頭而去。看著女子離開的背影，小可突然感覺似曾相識。

「等一下。」

女子並未駐足，假裝沒聽見她的呼喊，反而加快速度離開，小可趕緊追上前去，想抓住女子的肩膀。

「喂，妳等一等，我們見過嗎？」

女子沒理會，粗暴地掙脫她的手，很快混入街頭人群中不見蹤影，小可喪氣地左右張望，更加確定她見過這女人。

難道就是她？

她突然想通了，心中一直納悶的那個神祕女人，宗漢出事前讓他失神的人，車禍發生時尖叫的人，寄結婚賀卡給他們、詛咒他們的人，肯定就是同一個人。

而且她曾經出現在他們生活中，才會讓小可留下印象。

小可，妳又在胡思亂想了

我在想，你到底有多少事情瞞著我。

我對妳沒有任何祕密。

你說謊！

天地良心，我絕沒有。

那你為什麼要藏私房錢？

我只是把家裡給的錢擺在一旁。

也許你還過著另一個生活，不想讓我知道。

我是妳老公，妳不該懷疑我。
那你對我發誓。
好，發什麼誓？
你發誓沒有任何事瞞著我。
時間一秒一秒過去，宗漢居然沒再回話。回家後，小可賭氣不再去想他，緊緊抱住獨角獸玩偶，將念頭轉到阿佐身上。這些日子以來，她對阿佐的記憶有如猛獸出柙，洪水潰堤，來得又急又兇，想擋都擋不住。
即使她嘴上不肯承認，他們的確曾是兄妹，一起經歷過數不清親手足共同經歷的事。他們一起學騎單車，學游泳，學溜滑輪，一起擠在小書桌前寫功課，準備考試，他們還曾一起去探望阿佐的佬佬，到佬佬家背後的山上遠足，在山溪中捉魚蝦。
他們曾一起祈盼家庭的幸福會永遠持續下去。
每當爸媽吵架時，他們會窩在阿佐房間裡，豎起耳朵聽著他們傷害彼此。小可想不起來，為什麼他們總是挑阿佐的房間，而不是她房間，或許是因為她害怕，主動去找他吧。她想起阿佐的眼神，恐懼中勉強擠出堅強，小可突然都懂了，因為她比阿佐更恐懼，為了她，他必須勇敢起來。
所有的記憶都回來了，小可驚訝自己的記憶力，點點滴滴記得如此清楚，彷彿在眼前發生，而阿佐就守在她身旁。
佐，你還記得我嗎？

一陣寂靜之後，她居然聽到回話。

妳怎麼變得這麼瘦？

你還記得我？

誰叫妳是我妹。

我才不是你妹。

妳還是老樣子，過了這麼多年，一點都沒改。

小可越想越開心，時光好像回到小時候，她決定邀阿佐去溜滑輪。

他們肩並肩溜在小巷中，阿佐不會倒溜，所以由她帶路，兩人面對面，一前一後滑在大街人行道上。

最後他們選在路邊麵攤吃晚餐，小可披頭散髮滿身大汗，胸中卻有股不吐不快的衝動。

謝謝你陪我出來溜滑輪。

我知道妳需要好好發洩一下。

小可深深想像著阿佐，但她只能幻想他少年的模樣，留著一頭亂髮，兩頰長滿青春痘，硬裝出一副大人樣。

她突然看清楚阿佐背後巨大的寂寞。

佐，為什麼你身邊沒有人？

我習慣一個人了。

你交過女朋友嗎？

問這幹嘛？

我就是想知道。

如果我從來沒交過呢？

小可察覺到阿佐眼中的無奈，在心中替他回答：因為你只活了十七年，比宗漢還短了九年。

我現在又不是一個人了。

你是指我嗎？可是我已經嫁人了。

那又怎麼樣，嫁了我們還是一家人啊。

佐，只有你不會傷害我，也不會欺騙我。

哥哥怎麼會欺騙妹妹？誰敢騙妳我就扁誰！

小可臉頰微熱，阿佐的霸道讓她好感動，以及深深的無奈，她眼眶不禁泛紅，如果阿佐還活著，陪著她走過這兩年的傷痛該有多好。

親愛的37927：

很久沒和你寫信，希望一切好

記得我曾提過，我有個假哥哥嗎？

最近發生一連串事，讓我想起跟他一起長大的往事

小時候我只在乎他管我，欺侮我，不讓我交男朋友

現在我發現，他才是這輩子對我最好的人

而且他和宗漢有許多相似處，我開始有個奇怪念頭

難道我是因為失去了他，才這麼容易愛上我老公？

這是一種補償心理嗎？

這個念頭讓我心慌，內疚，但我克制不住

你能給我建議嗎？

周可薇敬上

一回生兩回熟，小可勇敢地將信投入郵筒，感覺這次容易多了。她反覆地告訴自己，她有權利去過她的生活。既然宗漢有愧於她，她大可不必感到羞愧。

打從第二封信開始，她已經完全徹底原諒了37927。現在自然不該用他過去做的事來否定他，否定他們的友誼。這些想法或許浩妞無法接受，但她相信37927，他會理解她的心路歷程。

一周後她接到回信。

親愛的周小姐：

我不懂妳告訴我這些，期待我說什麼

安慰妳、體諒妳，還是鼓勵妳？

我只知道，妳這樣對宗漢是很不公平的！

37927 敬上

5

小可從沒想過，她這輩子會有一天出現在監獄中，如今她就坐在會面室裡，不確定37927肯不肯出現。

他最近的回信讓她失望透頂，他居然和其它人一樣，不理解她最真實的心情轉折。然後，她想到原因為何，她在腦海中回想寫給37927的每一封信，字字句句都充滿對宗漢的愛，他自然不理解宗漢做出了背叛她的事。

無論接下來發生何事，他們還做不做得成朋友，小可覺得必須當面和37927講清楚。兩年來她一直努力扮演忠心的寡婦，他必須明瞭她絕沒有變，變節的是她周遭的世界，她也是個受害者。

周圍零星坐著其它探監的人，多數是中年婦女，單獨一人或帶著小孩，還有幾位老翁老嫗，專注地與受刑人在對話，她是唯一的年輕女人。小可不禁想像著，他們會如何看待她，她並非探望男友或老公或老爸，她特地來澄清自己的名節。

當然，他們也可能只是好奇，只有她探視的人尚未出現。

時間一分一秒過去，半小時的探監時間轉眼只剩一半，通往牢房的鐵門終於打開，獄警領著一名年輕男子出現。

37927身材中等，神情呆滯，臉龐因長期缺乏日照而蒼白，他不情願地面對小可坐下，視線保持在鐵桌面上，伸直手臂讓獄警解開手銬。

獄警提醒他們，會面時間只剩下十二分鐘。

小可打量著坐在對面的男子，獄服上果然印著那串熟悉的編號，一股強烈的陌生感湧上心頭，她不敢相信她和這個人通信了好幾個月。

37927終於抬起頭，神情比她還緊張。

「妳不該來的。」

「你不想見到我嗎？」

「我不習慣和人面對面講話。」

「所以你才當派送員，不必和人多講話？」

他再度低下頭，顯然不想回答這麼私人的問題。

「我來是因為你誤會我了，我要解釋我的感受……有些事我沒和你說，我並沒有對宗漢不公平。」

「沒什麼好解釋的。」

「你難道不想知道我要說什麼？」

37927顯得不知該如何應付越來越激動的小可，轉頭望向獄警。

「想說什麼，寫在信裡面吧。」

小可還來不及反應，他已逕自起身準備離去，獄警見狀趕緊走過來。

「你不知道宗漢做出背叛我的事！」

「背叛妳？」

這回換成獄警替他發問。

「是的，背叛我，我相信他另外還有個女人。」

獄警和37927交換了個緊張的眼色。

「就是你說你沒看見的女人，其實就算你沒看到，我現在也知道了，就是因為她，宗漢才閃了神被你撞上，就是她！」

37927堅持不直視小可，用眼神向獄警求助。

「我不舒服，我想吐。」

獄警只得板起臉，對小可表達歉意。

「會客時間快結束了，有什麼話以後再說吧。」

兩人的互動小可都看在眼裡，她無法理解哪裡出了錯，但還是跟著站起來，一陣頭暈目眩讓她差點站不穩，她及時扶住桌面，卻無法去按住胸口，任由心頭好不容易癒合的傷口再次被割開。

「你覺得我是瘋子嗎？」

會面室裡所有人都轉頭望向她，小可這才意識她的大聲和失態，但她已無法控制自己。

「我就這麼噁心，讓你想吐？」

37927睜大眼睛望著她，拼命搖頭。

「周小姐，我其實不是……我不是因為妳，我是真的想吐。」

可是小可再也聽不進任何話，她忍住淚衝出會面室。

她幾乎無法呼吸，她的胸口充滿怨氣，氣37927的冷血，更氣自己的任性，不先通知對方就來探監，結果搞砸了所有事情，連她生命中唯一剩下的美好也失去了。

她打電話給浩妞求救，等她趕回家時，浩妞已請了假等在門口，她衝向前緊緊抱住浩妞，像是抓住最後一根浮木，盡情放聲大哭。

小可不想讓浩妞看信，但拗不過她，最後只得將「證物」全繳出來。

浩妞臭著臉，將37927寫的信以及她寫給他的信副本全數讀完，才重新擠回床上，抱住仍在流淚的她。

「好了，沒事了。」

「浩妞，對不起。」

「幹嘛要向我道歉？」

「妳是我最好的朋友，我卻瞞著妳和殺夫兇手通信。」

浩妞又安靜了好一會，才沒好氣地安慰她。

「其實我覺得他人頂好的。」

「妳是說37927？」

「不，我是說妳這個臭婊子……我當然是說他。」

小可忍不住破涕為笑，浩妞果然用臭婊子罵她。

「給妳地方住，送妳滑輪鞋，又不斷安慰妳，如果不是因為他撞死宗漢，我不會反對你們在一起。」

「妳想到哪去了，誰要跟他在一起。」

「至少他還活著不是嗎？過幾年就可以出來重新做人了。」

「這話是什麼意思？」

「我的意思是，妳不能再整天想著跟死人混了，先是宗漢，現在又多了個死更早的哥哥，妳得學著和活人混。」

「阿佐？」

「我看得出來，如果不是他早死，你們會是不錯的一對。」

小可覺得臉頰發熱。

「任何明眼人都看得出，這個阿佐從小就喜歡妳，表面上管妳保護妳，其實是想把妳佔為己有……妳以為他為何帶走妳的玩偶，不就是想留個東西在身邊思念妳嘛。」

「妳少胡說，他是我哥。」

「那只是名義上，你們又沒有血緣關係。」

其實浩妞講得沒錯，從小到大沒把阿佐當哥的，不正是她自己。

「沒有人能比得上宗漢的。」

「這時候又替宗漢說話了，不是懷疑他有女人嗎？」

「妳也這麼覺得？」

浩妞轉而忿忿不平。

「如果妳講得都沒錯，宗漢死前讓他分神的人、詛咒你們的結婚賀卡、神祕的提款卡、再加上那個刻意接近妳的女人，找妳搭訕卻又不敢和妳相認，這中間肯定有問題。」

見浩妞講得如此斬釘截鐵，小可反而沒把握了，宗漢真做得出這種事嗎？萬一這全是她自己胡亂拼湊出來的呢？

親愛的周小姐：

請原諒我的無能

我不是不想見妳，只是妳突然出現讓我措手不及

我想我這次真的搞砸了，讓妳如此傷心地離去

我非常自責，更無法理解

妳為何覺得宗漢在外面有女人？

這完全不像妳向我描述的他
請妳原諒我，告訴我所有的細節

37927敬上

小可考慮著是否要回信。見到37927本人後她才明白，這段時間以來她腦海中總是將他想像成宗漢，有時換成阿佐。如今見過本人，那蒼白木訥的呆滯模樣，讓她無法再去幻想任何人，該是做個了結的時候了。

親愛的37927：
都不重要了
這次突然的探監，讓我終於看清事情真相
我們的通信一直建立在極荒謬的基礎上
我想我們都太天真了，至少我是如此
請不要再寫信給我，祝你早日出獄

周可薇敬上

曾經，小可祈求上蒼將宗漢還給她，結果卻送來了37927，以為能靠他慢慢從泥沼中爬出來。

結果老天另有安排，開了她更殘酷的玩笑，她終究還是孤獨一人。

下班時已過午夜，她穿起罩頭外套，圍上圍巾，套上滑輪鞋，沿著相同路線回家。街上景色與平日無異，即使行人寥寥，她仍習慣性低著頭，擺動四肢，靜靜聽著滑輪觸地的聲音，避免任何不期而遇的目光。

無常迢遙，寧靜而艱澀，不容萬千承諾及時兌現。舉凡記得誓約並且心碎過的人，都不該再苛求眼神中的當下。

她背對馬路倒著溜，感覺到自己正一步步縮回牢籠中。她伸出雙手試著抓住那雙無形的手，那雙應該屬於阿佐的手，或者是宗漢的手，還是37927的手，她已無法也無力去辨別，她不敢希望能再有個人，與她面對面，一前一後，雙手緊握，大膽地往前滑去，滑向一個新的未來。

未來還未出現就又消失了，小可不敢再去想任何一個人，她不能再企盼命運幫助她，將她一步步拖出深淵，命運只會任由她在荒原中徘徊，隨時再踩空失足，跌入更幽暗的無底洞中，這一回她將再也沒有救贖。

她放空力氣，提著滑輪鞋回到家，正要找鑰匙時，駭然發現門外暗處正站著一女子，如鬼魅般從陰影中現身，仍是那似曾相識的表情。

小可看清楚是誰，忍不住倒吸一口氣。

「是妳。」

她並沒有胡思亂想，這個女人真的存在，她的所有懷疑都是真的。

「妳是誰，妳想幹嘛？」

「唉，真不知該如何解釋……」

女人並未露出惡毒或嘲笑的表情，她的眼中只有溫暖。

「我之前來過，發現是妳住在裡面，所以那天才會跟著妳去提款機，想請教一些事情，然後妳提到妳未婚夫，我突然想起妳是誰……」

「妳不是來找我的？」

「之前住這裡的人，妳找得著他嗎？」

「他暫時離開了……過一陣子才會回來。」

女子顯得滿臉愧疚。

「有人託我交封信給他，我卻錯過了時間。」

「誰？」

小可突然恍然大悟，她認出眼前的女子是誰。

「妳是護士？」

「我是。」

「妳是那個在加護病房照顧我未婚夫的護士！」

對方顯得鬆了口氣，露出笑容。

「妳也想起來了，周小姐是嗎？」

小可不自覺地點頭，但眼前的謎團並未因此解開。

「妳來是要交封信給之前住在這裡的人，不是給我？」

「妳未婚夫要我答應他，等他死後兩周年時，將這信送到這裡來。」

小可不敢相信自己耳朵聽到的，宗漢送來訊息，卻不是要給她的。

「宗漢要妳送信給37927？」

護士露出不解的表情。

「我並不知道他是誰，但就在妳未婚夫……斷氣前不久，他要我找筆和紙，但他無法自己提筆，我只好替他寫。」

宗漢倒地後沒再和她講過話，卻叫護士寫封信給撞死他的人，這是怎麼回事？

「可是我錯過了他的兩周年，最近才想起來，不知會不會有影響。」

「把信交給我！」

護士手中緊握著一張對折的紙，滿臉盡是猶豫。

「我們是朋友，所以我才會住進來。」

護士恍然大悟，勉強將紙交給小可。

「也許妳會懂他的意思。」

等護士轉身離去，小可急忙翻開紙片，激動地看完短短兩句話，卻完全無法理解宗漢的意思。

老公，你怎麼會認識37927？

宗漢沒給她回答。

他怎麼會剛好撞死你？

宗漢仍無回應，因為小可自己想不出任何合理的解釋。

她趕緊衝進門，從儲藏室的工具箱裡找出沉重的大鐵鎚，來到37927房間前，用雙手握住鐵鎚使盡力氣，死命地敲打房門上的鎖，結果她用力過猛，鎖頭連同門把全給敲爛了。

從未踏進來過的房間根本像個工作室，凌亂的單人床被塞在角落，一堆堆衣褲隨意堆在地上或床上，用圓木搭的工作台和架子佔了大半空間，堆滿各種材質顏色的紙張、設計圖、畫筆顏料和切割工具。

成品是一本本手工做成的童書。

小可喘著大氣，拿起其中一本五顏六色的書來研究，她翻過一頁一頁跳出的立體圖案，金髮小男孩站在不同的小星球上，說話的泡泡裡寫著法文，然後他來到沙漠，和飛行員成為好朋友。她認出那是法國的《小王子》故事，每一幅立體圖畫顯然都出自靈巧的手。

一股不安的熟悉感頓時籠罩全身。

從木架上，她抽出各種質地細緻的高級紙張來檢查，尋找那個她記憶猶新的結婚卡片用過的材料。

不用找了。

不知何時宗漢重新現身，像做錯事的小孩漲紅著一張臉，站在房門口望著她。

你怎麼知道我在找什麼？

我當然知道妳在找什麼。

宗漢甚至不打算替自己編藉口，他已經鐵了心，準備要攤牌，小可只能面對他等待真相。

告訴我，結婚卡片怎麼會是37927做的？

小可，不要哭。

為什麼？為什麼要祝福我們，卻又恨我們？

宗漢的表情變得複雜。

大概是受不了看我們這麼快樂。

你怎麼知道他是怎麼想的？

小可突然恍然大悟。

你們根本是朋友，你死前寧可寫信給他，也不寫給我？

妳都知道了。

我知道了，但不懂為什麼，他到底是你的誰？

宗漢還在猶豫，小可已開始瘋狂地翻箱倒櫃，將37927的私人物品全倒到床上，從中胡亂翻找，就是沒有任何證件或照片。

然後她發現了，37927的書架上有本高中畢業紀念冊，和宗漢的一模一樣，甚至同一年畢業。

他是你的高中同學？

不等宗漢回答，小可急切地抽出紀念冊來，逐頁逐班翻閱，期待從一張張稚嫩的臉龐中，再次見到37927。

她終於停下翻頁的手，因為她找到了，她趕緊拭去眼中的淚，確定自己沒眼花，也不是幻覺，可是那張臉並不屬於37927。

這是怎麼回事？

小可不解地抬頭看宗漢，想要尋求解釋，為什麼她找到的人是阿佐。

老公？

宗漢已消失無蹤。

6

「媽，阿佐還活著？」

看小可滿臉盡是認真，家慧不禁莞爾。

「妳哥當然活著，怎麼會這麼問？」

「是他撞死了宗漢？」

家慧臉上原本充滿喜悅，現在則笑容盡失，只能勉強點頭。

「妳終於發現了。」

家慧想握住小可的手，她卻不領情地將手縮回去。

「媽為什麼一直瞞著我？」

「是阿佐不讓我說的……我一直很掙扎，不忍心看妳被蒙在鼓裡，好幾次差點說出口，可是一想到他獨自關在牢裡，已經夠可憐了，如果再讓妳知道真相，因此恨他一輩子，我擔心他會受不了尋短。」

即使過了一夜，小可仍覺得整件事極不真實。這對母子居然以為可以隻手遮天，就這樣一直瞞著她。

「小可，妳會恨他嗎？」

「我不知道，媽，我還想不到那麼遠……我腦中還有太多問號，卻沒有半點答案。」

「讓我來幫妳。」

逐漸老去的繼母像小孩般想討好她，小可對她的怨氣頓時消了一半。

「妳想要什麼答案，媽知道的全都告訴妳。」

「所以妳知道阿佐做了一張結婚卡片給我們？」

「知道，我不是告訴過妳，他後來放棄畫畫，就是迷上紙做的玩意。」

小可回想首次陪繼母回家時，她確實提過阿佐的轉變，只是誰會聯想到那事和婚卡有何甘係。

「他為什麼又祝福我們，又恨我們？」

家慧換上得意的笑容。

「這我不清楚，大概是先開個玩笑吧……兄妹這麼多年沒見，他肯定是想先嚇嚇妳。」

小可對這可能性抱持懷疑，正因為多年不見，她和阿佐早已失去那種可以開玩笑的親密。如果阿佐當初真想開玩笑，對象肯定是宗漢，她只是個準備被嚇得不知所措的小新娘。

誰能料想到，精心計劃好的意外驚喜最後以悲劇收場。

「媽，宗漢和阿佐早就認識了，妳知道嗎？」

繼母張口無言的驚訝表情已給了她答案。

小可拿出她找到的高中紀念冊，先後翻到有阿佐和宗漢大頭照的頁面，家慧看得津津有味。

「兩人並不同班啊。」

「但我很確定，他們變成好朋友。」

她從貼胸口袋中取出一張紙片，交給家慧。

「宗漢寫給阿佐的信，妳知道是什麼意思嗎？」

「寫給阿佐的？」

「臨終前宗漢曾短暫恢復意識，口述給護士，請她兩年後再交給阿佐。」

「為什麼要等兩年後？」

「我也不懂。」

家慧皺著眉，拿著紙片反覆讀了又讀，最後還是搖頭。

「阿佐從沒和我提過宗漢這孩子……其實也不讓人意外，自從他高一生了那場病後，整個人就變了個樣。」

「怎麼不一樣？」

「這件事說來話長了。」

繼母猶豫片刻才說出全部真相。阿佐高一時得過急性腎臟炎，差點就活不了。那場大病對他影響很大，他被迫休學一年，病癒復學後整個人變得內向陰沉，幾乎不再有朋友，也不喜歡運動，復學後轉去宗漢念的學校，功課一落千丈。

阿佐的創作也起了變化，他失去對油畫的興趣，開始玩紙做的東西，高中勉強混到畢業，他不顧母親苦求，拒絕再浪費時間念大學，他開始自食其力，接商品包裝設計案。

由於工作需要絕對的專注和安靜，阿佐早已成為夜行動物，做了六七年下來累積了些名氣，訂單最遠從法國而來。

「但他覺得錢還是掙得不夠快，白天又去兼差當快遞員，每天睡不到五小時。」

「原來如此，難怪他有錢買房。」

「就是啊，也不找我先商量商量，一存夠錢就下單，等房子過戶了就搬出去。」

小可不禁感嘆，沒想到阿佐遭遇了這麼多變化。

「我一直認定，阿佐高中時就生病死了……我記得爸爸跟我說時，我當場大哭，一直哭不停，難過了好幾天才釋懷。」

家慧臉上的笑容僵住，重新翻到紀念冊有阿佐那一頁，疼惜地研究兒子高中樣子。

「妳爸是這麼跟妳說的？」

「是啊，我才會以為阿佐不在了。」

「他一定很恨我，不想讓妳和我們再有任何牽扯，才編出那樣的話。」

看著繼母痛心的模樣，小可感到不可思議，這對前夫妻當年到底是如何傷害彼此的，會逼父親做出刻意欺瞞自己女兒的事。

家慧眼中已閃著淚光。

「他是不是還說，我不希望你們出現在阿佐喪禮上？」

「爸爸確實說過類似的話，這件事讓我介意好久。」

現在小可終於明白，父親講的全是謊言，根本沒有喪禮。

「難怪這些年來，妳一直都沒和我們聯絡。」

「妳和阿佐卻一直在默默關心我。」

家慧拿紙巾拭去眼淚，重新打起精神。

「很奇怪嗎，就算爸媽不在一起了，妳仍然是我們家的妹妹啊……我還記得那一天，阿佐回家來告訴我，小可要結婚了，我高興得睡不著覺，心想終於有人可以好好照顧妳了，同時我又很失望，身為母親我卻不能陪女兒挑新娘服，為妳戴上頭紗，親自將妳的手交給妳另一半，只能默默在一旁祝福妳……」

「我也有錯，我應該邀請您參加的。」

「沒關係，媽臉皮厚不請自到，打算給妳一個驚喜。」

「什麼意思，妳當天有去Bella Luna？」

「我去了。」

「可是我沒看見妳。」

「還來不及相見，那件事就發生了。」

「妳是說，妳目睹了——」

小可突然腦海空白，繼母之後說的話，她一句都沒聽進去。

那個發出尖叫的女人，那個讓宗漢分神的神祕女人，原來不是別人，正是繼母，她雖不認識宗漢，宗漢肯定認出她，或許阿佐給宗漢看過她的照片。

「小可，妳怎麼了？」

「我……我……」

她知道她不該責怪繼母，或阿佐，或他後來變成的37927，一切都是意外，都是命。可是她做不到，她無助地看著繼母，正是這對母子聯手殺死了她的宗漢，她的最愛，她的未來。

小可開始過著行屍走肉的生活，日夜顛倒的作息讓她遠離所有熟人，下班後將自己鎖在家中，浩妞或繼母的來電一概不回，她只和宗漢講話，直到講累了在沙發上睡著，餓醒了再隨便找點東西果腹。

妳不可以一直這樣下去。

你沒有資格說我，你發過誓絕不騙我，你卻一直在騙我。

我沒騙妳，我只是沒告訴妳所有實情。

你有，隱瞞就是欺騙！

隱瞞和欺騙不同，隱瞞是不帶惡意的。

那你告訴我，多少的隱瞞累積起來會變成欺騙？

宗漢被問得啞口無言，小可卻無戰勝的快感。

夜深人靜時，她被迫面對自己赤裸毫無防備的內心，那是她一直想逃避的真相：她開始懷疑，她和宗漢的相識、相知與相愛，她最鍾愛的一切回憶，其實都不是偶然的。

一周後，她收到37927最後一封長信，她並不意外，她半期待阿佐會有所反應，她用哭腫的雙眼讀完每個字，結果證實了她最深的恐懼。

小可：

那場大病後我轉學到宗漢讀的私中

宗漢念隔壁文組班，熱情得像陽光般刺眼

他無視我的冷漠自閉，主動與我相識

我們聊籃球，聊女孩，聊人生，直到畢業各奔東西

我們也常聊到妳，應該說我常聊到妳

宗漢聽得津津有味，開始對妳產生好奇
爸出殯時，媽不讓我去，我偷偷帶著宗漢去遙祭爸
我永遠記得那個日子，天色灰濛一片
也正是那天，宗漢頭一回見到我口中的妹妹
告別式上，媽媽強忍淚水受盡羞辱
只有妳對媽仍保持著禮數，答禮時向她下跪
我和宗漢看傻了眼，我想就是那一天他愛上了妳
他問我為什麼不追妳，他知道我明明喜歡妳
我告訴他有些事是超越血緣的，妳永遠是我妹
幾年後我從老同學那得知你們要結婚了
妳可以想像我的驚訝，但其實又不意外
一切似乎在爸的告別式那天就注定了
命運把妳從我身邊帶走，又將妳交給我的好友
這些年我以為妳不想和我或媽媽聯絡了
只能默默注意妳的動向，祈盼妳能找到幸福快樂
所以我很替妳和宗漢高興（真心的）
但不免也為自己感到一絲悲傷

我猜冥冥中老天決定用這種方式讓我們重逢
我說服自己，只要能再聚首形式已不重要
於是婚禮那天我出現了，載著我親手做的賀卡
可惜來不及給妳驚喜卻發生悲劇
我沒有勇氣面對妳，我甚至考慮過自殺
可是我不忍心留下媽一人，她已經失去太多
在獄中贖罪兩年後，妳居然又找到我
我掙扎了很久，才決定用另一種身分配合妳
見妳一天天走出傷痛，我更不敢講出真相
妳說妳對獨角獸失去興趣時，我就做了紙玩偶
請前獄友放到便利店裡，提醒妳以前是怎麼搶著它的
我天真地只想竭盡所能，好好用下半生守護妳
現在我才看清楚，那是何等自私
我不敢再企求妳的原諒，我罪無可赦

佐

老公，你在嗎？

小可顫聲呼喊宗漢，但沒有回音。

你在和我賭氣？

宗漢仍不回答，小可只能暗自嘆氣。自從阿佐的最後一封信後，宗漢不再和她講話。

你氣我沒看出這一切都是阿佐造成的？

還是氣我硬擠到你和阿佐之間？

宗漢的靜默幾乎將小可逼瘋。像是坐過牢的人不願重返監獄，如今她無法再忍受孤獨一人。她終於明白，監牢不是都像阿佐待的狹窄斗室，有限的空間意味著有限的刑期，被放逐在監獄外的無限空間，孤獨一人蹣跚走完世間路，才是真正的無期徒刑。

那封信像是再度打開潘朵拉的盒子，關於阿佐的點點滴滴全都復活過來，但他們只是沒有血緣關係的兄妹，她不能再讓阿佐進入她生命，搓揉她僵硬的心，她要專心當宗漢的寡婦。

我真是個薄情的女人！

她狠狠詛咒自己，慌忙地穿上輪鞋，逃出那個阿佐留給她的新牢房。迎著涼風，她溜過大街小巷，想讓自己漲紅的臉龐冷卻下來，卻無法再感受那如影隨形的罪惡感。凡世間愛憎神傷故事更甚，深情一夕頹圮所剩已無幾，如今，阿佐已將她帶離那個廢墟，她再找不到路回去了。

在最徬徨無助之際，她只能再度向浩妞求救。

「我一直以為，打從在籃球場初見面，宗漢就直覺地瞭解我，知道我喜歡什麼，在乎什麼，我們是天作之合，注定要在一起……我想說的是，我是因為這點愛上他的。」

「我完全懂妳的意思，結果宗漢居然有個教練。」
「對，他作弊，一切都是阿佐教他的！」
「因為這世界上，沒有人比阿佐更瞭解妳……周可薇，妳到底要裝瘋賣傻到何時啊？」
「浩妞？」
「有兩個人深深愛著妳，妳如果還不開心，會不會太貪心了點？」
「妳在胡說什麼啦？」
「我在說妳心中早就知道的事。」
小可久久無言，她當然知道，可是阿佐的隱瞞和欺騙，他想用對她好來彌補自己的罪惡……她已不知該如何去想了。
「聽我的勸，重新去瞭解他，這回別再把他當哥了。」
為了理解阿佐。小可開始讀他書架上的書，她特別鍾愛《小王子》，一個關於長大和別離的故事，他對於小王子來自另一個小行星感到著迷，而且遊歷了好幾個不同的小行星才來到地球。每個小行星就像是個平行宇宙空間，同時住著他喜歡或討厭的人，小王子最想念的還是自己星球上的那朵玫瑰，代表著他的摯愛，即使再也無法相見，也稍不減他對玫瑰的思念。
平行宇宙的想法帶給小可慰藉，或許亡者並非真的死去，他們仍活在某個空間中，用思念和記憶和所愛之人永遠連結在一起。當記憶出現缺口時，亡者適時捎來線索，安撫提醒她，真愛永恆不變。

7

宗漢三周年祭日，小可再度踏在通往禪寺的石階路上，她早起沐浴，換上全新的冬衣，準備給亡夫上炷香。

上山之前，她回憶過去一年發生的種種，覺得自己多了分走出幽谷、金身再現的清明，她決定先繞去銀行的提款機，她想確定這一年並非只是錯覺或巧合。

當阿佐仍是37927時，他曾在信中建議她，或許宗漢用了他們初遇的那天當作提款卡密碼，當時她以為就是大二的那場籃球賽。

阿佐的最後那封信給了她新的靈感，宗漢陪阿佐躲在父親告別式外頭，偷偷看她的那天，才是真正的第一天。

她小心地輸入910521，父親的出殯日，她的生日再加一天。

密碼被接受了，宗漢帳戶的餘額只有不到一千元，但小可笑了，阿佐並沒騙她，過去一年真的發生過，阿佐比她還瞭解宗漢，他們確實曾是好友。

早在她知道宗漢存在之前，他已經認識甚至愛上她了。

帶著殘留的笑意，小可一步步上到禪寺，宗漢走了三年了，她決定要用不同的心情擁抱這一天。

禪寺的香客比預期的多，香爐前站滿男女老少，其中有個人吸引住她的目光。他背對她，留著小平頭，全身上下穿著不起眼的外套長褲和便宜球鞋，背脊挺直著面向遠山，一炷線香高舉過頭，虔誠地連續彎腰三次。

他的左右兩側各站著一個人，默默看著他上香，小可先認出那個獄警，然後發現另一個人她也見過，正是那個偽37927。

淚水再也止不住，小可全身發軟，手中提的祭品落在地上，她緩步走向那人，他將線香放進香爐內，剛好轉過身來面對她。

她終於明白，當一個死人重新出現在眼前，感覺竟會如此不真實，讓她手足無措，只想落荒而逃。

與繼母重逢之前，她已很多年沒想起阿佐，然後他化身成37927，陪她走過大半年，那時他仍活在她記憶中，只是越來越清晰，讓她越來越想念。

如今這個人活生生地站在自已面前，頂著冬陽，呼吸著空氣，好像活著是件再理所當然不過的事。

父親早早棄她而去，宗漢也走了，結果阿佐重新出現。這些年她對菩薩的祈求真的被聽見了，並且允諾了她，只是允諾的對象和她想的不同。

或者菩薩聽見她內心真正的聲音，允諾給她真正需要的？

她沒有答案，也不想詛咒阿佐，但她不知如何停止思考一個念頭，為什麼活下來的是阿佐而非宗漢？為什麼回到她身邊的是她早已消失的哥哥？

阿佐雙手上著手銬，兩眼深深凝視她。

「有我在，不要哭了。」

她衝上前緊緊抱住他，良久兩位獄警才將他們拉開。

「你出獄了？」

「下個月才假釋出獄，但我不想錯過今天，有些話想和宗漢說，只好求獄方帶我出來。」

小可抬頭仔細打量阿佐，繼母說得沒錯，他變得陰沉了，早不是她記憶中的那個稚氣少年，輪廓和氣質都成熟了，唯獨溫暖的感覺仍在。

「小可，妳能原諒我嗎？」

她發現自己內心的傷仍深，仍無法快樂起來。

「絕不原諒！」

阿佐露出受傷的表情，她感到一絲不捨，想再度擁抱他，這回獄警動作比她快，不再讓她接觸犯人。

兄妹兩人只能互望，陷入無言的靜默，阿佐突然抬起頭，眼神瞟來瞟去，小可跟著往四周看，卻沒發現有何異狀。

「妳有感覺到嗎？」

小可心驚，不自覺地靠近阿佐。

兩名獄警在一旁偷聽，也好奇地左右張望。

「真的沒有？」
「別故意嚇我，以前你最喜歡裝神弄鬼。」
阿佐卻表現得十分認真。
「法國人有句諺語，當兩個人陷入尷尬的沉默時，就是有天使從身旁經過。」
「天使沒有，尷尬倒有。」
兩人忍不住相視而笑，埋藏記憶深處的熟悉感一點一滴滲回心頭。
「哥？」
阿佐顯得大吃一驚。
「妳願意叫我哥了。」
「我只是想知道，這麼多年後叫你一聲哥會是什麼感覺？」
阿佐睜大眼睛，好奇地等待答案，直到小可搖頭。
「仍然不甘心。」
「那還是叫我佐吧。」
小可鼓起勇氣，開口說那個好久沒講過的名字。
「佐，剛才你和宗漢講了些什麼？」
「我求他一件事，求他同意，讓我重新照顧妳。」
話中的含意小可聽得很明白，她胸口起伏加重。

「我想了很久，說不定是我沒先徵求他同意，所以才又傷了妳的心。」

小可低下頭，努力壓抑激動的情緒，久久才從皮包拿出那張對折的紙片。

「這是什麼？」

「宗漢走之前曾清醒過來片刻，請護士代筆為他寫信，要她兩年後再交給你。」

阿佐先是一楞，才用顫抖的手打開信紙，只有簡短幾個字：

我答應你的事

輪你替我完成吧

阿佐開始抽泣，最後哭得不支跪在地上，小可來不及扶他，只能跟著他一起跪下，緊抓住他的手臂。

獄警們互看一眼，決定不要打斷他們。

「告訴我，他答應過你什麼事？」

阿佐只是搖頭，任由淚水滴在紙片上。

「你們到底說了些什麼？」

「爸的告別式上，宗漢曾問我，為什麼不大方地追妳……」

「你信裡寫過了，你說有些事是超越血緣的，我永遠是你妹妹。」

「我現在全想起來了，他當時很不滿意我的回答，於是又問，以後誰負責照顧妳？我記得我半開玩笑回他，責任就交給你吧，就在那一刻，宗漢答應把責任攬下來。」

小可任由淚水流下兩頰，胸中充滿無盡對宗漢的愛。

「佐，這就是你要的答案，在你徵求宗漢同意照顧我之前，他早已答應你了。」

阿佐在她懷中用力地點頭，兩人許久才重新分開。

「他死前全都想好了，他躺在病床上，身體不能動，腦子卻清楚無比，他算好時間，給我們兩年去重新認識彼此。」

就在此刻，小可感應到有東西從兩人之間穿過，阿佐的表情同時起了變化，她不禁驚呼。

「你也感覺到了？」

「嗯。」

河漢迢遠，相去幾許，阿佐抬頭望向四周，然後深深回視她。

「我想，宗漢就是我們的天使。」

淚水徹底模糊了小可的視線。

或許亡者並非真的死去，他們仍活在某個空間中，用思念和記憶和所愛之人永遠連結在一起。當記憶出現缺口時，亡者適時捎來線索，安撫提醒我們，真愛永恆不變。

天冷衣寒，伊人凍否。

漫天飛舞

這句話終於逗笑了我。
世間的男歡女愛，
總跳不出庸人自擾的輪迴，
卻又如此引人嚮往。
我品嘗著那古老的感覺，
對妳輕輕點頭。

漫天飛舞

1

在做完最後一個單腳迴旋的瞬間，舞台燈光全暗，台下觀眾停頓了約一秒鐘，才大夢初醒似地響起雷動掌聲。妳在黑暗中停止旋轉，全身仍完美平衡在右腳芭蕾舞鞋的鞋尖上，妳喘著氣，等燈光再度亮起，這才深吸呼吸站穩身子，平舉雙手從胸前向兩側展開，輕巧地向前踩出兩步，重新站定後伸出右腿，用硬鞋尖點在舞台上，左腿則挺直定在原位置。妳優雅地舉起右臂，與身體呈一直線後緩緩彎下上半身，一路彎到指間觸及地板才停住，在觀眾眼中妳正向他們致上最深謝意，在舞台聚光燈照射下，妳眼前其實一片漆黑，只能隱約感覺有雙眼睛正強烈地打量妳。

台下傳來更響亮的鼓掌與喝采聲，妳這才想起今晚是滿場，而妳的右手正在發抖。妳趕緊起身撇過頭去，不讓觀眾看出妳的驚恐，離妳身後兩公尺遠其它團員已聚集完畢，等候妳的示意，邀請他們加入謝幕行列。他們見妳轉頭，主動開始迎向前台，妳的男主角崇廉靠妳最近，伸手輕輕撫住妳的腰，你們一起左顧右盼，確定全體舞者已排成一直線，然後重新面對漆黑的台下，同時展顏彎腰，每個人用雙手輕觸地板，再度向觀眾致謝。

身為首席女舞者，這一連串謝幕式早已成為反射動作，過去四年都是妳領著雪松現代芭蕾舞團，但是此刻妳毫無把握，過了今晚之後，是否還有機會再與可愛的夥伴們同台。

布幕降下再升起了兩回、大夥又彎了五次腰後，觀眾們總算心滿意足離去。掌聲逐漸稀落，布幕降下後總算不再升起，舞台燈逐一暗去，妳和所有人這才放鬆身體喘大氣，相互擁抱道賀，甚至喜極而泣。許多團員刻意靠過來和妳互擁，他們知道這些天妳承受了巨大壓力，汗水和淚水交織在每張臉上。

「好了，這一季結束了。」崇廉緊緊抓住妳的雙手，像大哥哥般安慰妳。「妳今晚還是一樣棒，用十個連續迴旋做出完美結束！」

「妳也沒有出錯！」妳拍拍他削瘦的臉頰，崇廉其實比妳小四歲，但高出一個半頭，很有潛力的新舞者，還未大學畢業就已在舞團實習。「我沒事。」妳想不出其它的話，只能對他擠出笑容，用空洞話應付，可惜妳的手仍在顫抖，連自己都瞞不過。妳趕緊縮回手。

「和我們一塊去慶功？」崇廉仍不放棄，用眼神向他的小男友丸子求救，這時丸子也靠過來，重新接起妳的手。

「姐，陪我們吃宵夜嘛。」

「改天行嗎，我真的累了……而且我還有事。」

崇廉知道妳個性倔，決定的事通常沒得改，他攔住丸子不再堅持。「那明天我們再約，一塊去看羅老師。」

「嗯，明天再約。」

可是妳等不到明天。回到後台換下緊身衣和舞鞋，連綁腳趾的繃帶都來不及扯下，妳就套上球鞋，直奔羅老師住的醫院。計程車上妳累得無力集中精神，卻也無法休息，腦中思緒一片混沌。整個晚上妳其實都處在類似狀態下，當崇廉慶幸地告訴妳，最後一支羅老師的舞碼兩人都沒出錯，妳也只能相信他，因為妳根本沒留下記憶，純粹憑直覺和慣性把舞跳完的。整整十八分鐘，妳不能想像自己怎麼撐過去的。

其實妳應該能想像的。過去這四年在羅老師調教下，妳的舞技和整個人的狀態都有長足進步，妳不再只是技巧純熟的優秀舞者，妳開始領略如何當一個表演藝術家。同時間，雪松是極少數能獨立生存的城市舞團，名氣雖遠遠不及雲門舞集，但從雲門分支出來的徒子徒孫中，雪松普遍被視為最具潛力，其中一個關鍵就是妳，新生代舞星朱曉妍。雪松造就了妳，妳也造就了雪松。

可是誰也料不著，羅老師居然在冬季公演的第一晚就病倒了，而且是不省人事地被救護車送進醫院。雪松規模很小，沒有設副藝術總監，客座的編舞家皆是外國老師，唯一比妳資深的只有男獨舞者阿賓，他平日脾氣極不穩定，凡事不是狂嗨就是暴怒。面對危機阿賓果然又情緒失控，比妳更像個女人，演完他崩潰的戲碼後躲起來避不見人，隔天登台前半小時才又奇蹟般出現。

妳閉上眼，還無法想像沒有羅老師的這五天，自己是如何撐過來的，白天裡要負責大小行政事務，每晚還得粉墨登台，領導團員跳完一支又一支舞碼。每當妳快撐不住時，妳會想起羅老師疲憊的臉龐，重新振作自己。才五天時間就喊累嗎？想想羅老師已經獨撐了五年！

2

羅老師本人曾是世界級的女舞者。和許多同年紀的前輩一樣，她發跡於藝術學院，之後赴紐約深造，學習融合芭蕾和現代舞，並加入歷史悠久的瑪莎葛蘭姆舞團，一路跳到最早的亞裔首席舞者之一。多年後，她受邀返國到北藝大教學，並在雲門兼任編舞家。這時她意外發現了妳，那時妳還只是舞蹈實驗班學生，她一路看著妳，從少女蛻變為女人，成為舞蹈界最亮的新星。

為了實踐自己的舞蹈理念，羅老師突然離團，成立了雪松現代芭蕾舞團，她想用自己在美國學到的現代舞觀念和非傳統動作，融合古典芭蕾，進行各種實驗性結合。當妳大學畢業時，羅老師搶在其它舞團之前邀妳加入雪松。對妳而言，這是再自然不過的選擇，因為早在她創團時，妳就有種難以言喻的直覺，老師所做的一切似乎都在為妳鋪路。於是，妳成為她最忠實的信徒，即使雪松的實驗性舞作曲高和寡，在舞蹈界評價兩極，妳仍無怨無悔地跟隨著她。

「老師，我來看妳了。」妳坐在羅老師的病床邊，輕聲喚她，看著她緩緩睜開眼睛。

「你來接我了？」羅老師幽怨地問。「真的不再多給我一點時間？」

「老師，是我，曉妍。」

羅老師這才認出妳，露出虛弱的喜色。「是曉妍啊，我以為妳是別人……」

從她撒嬌的口氣聽來，妳判斷這個別人可能是個男的。羅老師向來重視個人隱私，據妳所知這些年來她總是一個人，沒有家庭，也沒有子女，但這並不表示她沒有男朋友。

那是她昏倒的隔天深夜，妳剛結束沒有羅老師在後台指揮的頭一場公演，妳大膽否決了阿賓取消演出的建議，硬著頭皮率先上場。所幸整晚無重大意外發生，即使不斷出現小錯誤和狀況，觀眾和舞評們大概也無心指責，因為所有人的情緒都懸在羅老師生病一事上。就在不能給老師丟臉的動力下，每位舞者也格外賣力，相互打氣勉勵，硬是將冬季公演順利完成。

現在妳再度坐在病床邊，輕聲呼喚她。「公演順利結束了，老師，我們辦到了！」

妳忍不住分享心中的激動，她的眼神逐漸聚焦在妳臉上，表情卻沒有一絲喜悅，也沒有安慰，反而像是失落和失望的混合。「妳看見他了嗎？」她突然開口問。「他現在長得什麼模樣？」

「他？我沒見到任何人啊。」

「今晚也沒見到？」

「老師，妳講的人是誰？」

「難道妳又錯過他了？」

妳相信老師的神智尚未恢復，才會講出不合常理的話。「老師，妳是說有人來探望妳，但妳沒見著他？」

「如果我見著了，還需要問妳嗎？」

「可是，如果妳沒見到人，怎麼知道他來過？」羅老師像是聽見全天下最荒謬的話，瞬間睜大眼睛，舉頭朝房內四壁望去。「曉妍，妳難道沒聞出他的香味？」

「香味？什麼香味？」妳心頭一陣慌，正不知該如何反駁老師，又不至於刺激她時，妳突然聞到了，就在這病房之內，有股淡淡的清香飄浮半空中，滲在空氣分子之間，彷彿是廟宇中常聞到的燃香味，但更加純粹乾淨。更奇怪的是，自從妳聞出這香氣後，它變得越來越濃郁；像是妳在人群中突然認出一張熟悉的面孔，接下來不管妳如何移動，妳的視線再也離不開那張臉。

「現在聞到了？」羅老師意味深長地看著妳，眼神中夾著驕傲。

妳只能茫然點頭，不敢相信自己之前居然沒聞出這氣味，而且錯過兩次。「老師的朋友身上擦了這香水，怎麼從沒聽妳提過這個人？」妳沒好氣地責備她，心想老師的神祕男友總算現身了。

「妳錯了，他不噴香水的。」羅老師正色糾正我，但未進一步說明。

「這位朋友是男的？」妳才問出口就開始後悔，藝術圈裡的性伴侶各種組合都有，妳怎麼可以有先入為主偏見。

「他通常是。」

又一個無厘頭的回答，什麼叫通常是男的？但妳只能遷就病人目前的精神狀態。「可是妳之前問我，妳的朋友長什麼模樣，難道妳沒見過他？」

「當然見過。」羅老師幽幽地說。「只是我們很久沒見了。」

「有多久？」妳堅持要逼出個明確答案。

「很久很久了……」她語帶玄機。「打從我重生之後就再沒見過他了。」

3

妳唯一能指望的是妳的睡眠習慣。從小習舞練功，加上四處比賽表演，妳早已練就一身無論何時何地，倒頭便能睡的功力。然而，今晚所有事都亂了套，連最信得過的老習慣也背棄妳。並非妳睡不著，其實一回到家，妝還來不及卸，妳就癱在床上昏死過去，只是睡死後噩夢開始出現，並非一個接著另一個，而是同樣的情境不停重複。妳想去反抗，想強迫自己睜開眼，好逃離那反覆不斷的眩目情境，卻怎麼都醒不過來。等妳終於睜眼時已是隔天早上，感覺卻比躺下之前還要疲累，彷彿妳跳了整晚的舞，一刻都沒能休息。

說是噩夢又不盡然，因為並未出現任何鬼怪或驚恐的畫面。妳隱約記得夢中出現一古代女子，像是從天而降，妳看不清她的長相，只記得她的穿著打扮特別，長髮梳成高高的髮髻，半透明薄紗輕輕掩住她的上半身，露出中間一截平坦結實的小腹，下身則套著寬敞飄逸的薄長褲，色彩花紋古樸而細緻，風格又中又西，不像任何妳見過的風格形式，妳只能猜測她來自不知名的遙遠的過去。

一雙舞者的赤腳踩著奇異步伐，彷彿她腳下並無實地可踏，只能騰空做游水狀，又像在飛行。

但都不如她扭動上身和雙臂的動作和角度來得奇特，配合著她的扭動有條看不見盡頭的彩帶，纏繞在她雙臂和軀幹之間，但仔細瞧卻又不是如此，彩帶並未與她的肉體接觸，像是有著自己的生命，飄浮穿梭在女舞者身體四周……

起床後妳發覺手機裡有許多未接來電，包括崇廉和丸子的，妳決定不回電。灌了杯隔夜的冷咖啡，讓自己逐漸清醒，這才想起自己尚未卸妝。站在大鏡子前，妳用棉塊沾了卸妝液，塗掉殘留的眼影和口紅，然後在臉上塗抹乳液，妳習慣性地看著鏡中的自己，妳有著完美的身體比例，以及天生的舞者骨架。妳開始放鬆，無意識地擺動身體，開始做簡單暖身，等著腦子隨機傳來跳過的上百支舞碼的任何一個動作，可是此刻妳的身體卻像生了自己的腦袋，有了自己的主張，開始做起妳不熟悉的扭曲動作，既不是芭蕾，更不是葛蘭姆派的現代，妳直覺想去控制它，又捨不得不繼續看下去，然後妳駭然認出，這不正是昨晚夢境中那女子的舞步，一時間妳看呆了，妳的身體居然將夢中的動作全記住了。

妳抱著惶恐的心，當天下午再度去探視羅老師，妳到達時正有一群團員擠在病房內和她有說有笑，妳刻意避開他們，躲在無人角落等大夥都散了才去敲病房的門，妳想講的話無法與第三人分享。

結果老師不等妳開口，看出妳滿臉的疲倦，並猜到發生了何事。「昨晚做了很奇怪的夢？」

「老師，妳怎麼可能知道我做噩夢了？」

羅老師的臉略帶血色，比過去幾天好看些，可是那頭烏亮的長髮明顯多了灰白髮絲，她沒直接回答妳，只比了比自己的眼袋，妳猜想她指的是妳像大貓熊的黑眼圈吧。妳開始描述夢境的內容，那個古女子，以及她奇特的肢體動作，老師的注意力無法集中，倒不是她對妳的可憐遭遇漠不關心，反而像是相同的故事她已聽過無數遍。

「整個夢就是一個女子不停在空中飛舞？」等妳講完她只問了這句，語氣中居然夾著失望。妳從頭到尾未提過飛舞兩字，但被她這麼一問，妳突然可以想像夢中女子飄在半空中。

「這還不夠嗎，看著她這麼扭來扭去，我已經看得精疲力盡。」

老師露出苦笑，把妳拉到她的床邊重新坐下。「不愧是我最得意的學生，反應跟我一模一樣。」

「跟妳一模一樣？」妳重複一遍她的話，才聽懂其中含意。「難道妳做過同樣的夢？」

「做過，很久以前……就在頭一次聞到他的香味之後。」

昨夜的香氣！妳心中頓時恍然大悟，原來那是某種含有迷幻劑藥物的氣味，人吸了之後會出現幻覺。「可是，老師，為什麼妳需要服這種藥？」

「它不是藥……」羅老師苦笑糾正妳。「但它確實幫了我，讓我將心定下來，準備接下來要發生的事。」

妳完全無法理解老師的話，妳開始有不祥的預感。「接下來會發生什麼事？」

「時間不多了，先不講這些……」羅老師無意再花精力在這話題上。「有件事，只有妳能替我完成。」

「只有我能完成？」

「是的，只有妳。」她慎重地重複這句話，並不進一步解釋。「我需要妳去見他，我也是今天才知道他的地址。」

「什麼人這麼神祕？」

「他姓……乾，我們舞團最大的贊助者，過去這幾年就靠著他的匿名捐款，雪松才一直生存下來，維持十五名舞者的編制。」

「我以為舞團經營得很好，每次公演的票房都有七八成……」

「曉妍，妳想得太簡單了。」老師苦笑搖頭。「其實很多事我沒跟妳說，而且也不該讓妳知道，那不是妳的責任。」

「難道舞團一直在賠錢？」

「就算全年兩季的公演每場都滿座，而且每張票都用票面價售出，也不足夠支付整個舞團的開銷。」

這是妳頭一回聽到如此殘酷又直接的答案，一時間妳不知如何反應，妳想到過去四年每個月固定匯到帳戶的薪水，每趟出國表演的機票旅費，每一套演出的服裝，所有的燈光、舞台設計……

「妳放心，老師並沒窮到要賣房子或欠錢來苦撐……」

「因為這位神祕的贊助人乾先生。」

「與其說是我們的，不如說是妳的。」羅老師意有所指地更正，妳聽出她話中有話，而且不喜歡那話中的語調。「他指定要見妳。」

「他要見我，為什麼？」

「我不確定，但我想他知道我病了，他也知道舞團的未來在妳身上，所以他想親自見妳，再決定……」

「再決定要不要繼續贊助雪松？」

羅老師臉上難得的光彩又消褪了。「曉妍，妳是天生的舞蹈家，即使沒有了雪松，妳的路也能繼續走下去。我絕不勉強妳，去做妳不想做的事，不管是為了我，或是為了舞團……」

4

老師最後幾句話一直縈繞在妳腦海中。這些年雪松和妳幾乎成了同義詞，但確實該如此嗎？妳頭一回開始思索自己的未來，成為羅老師的接班人，還是像她年輕時那般去尋找自己的路？妳欣賞老師努力於實驗創意的不懈精神，但妳百分百認同她徹底擁抱葛蘭姆的西方舞蹈理念嗎？

縱然百般不情願，妳還是花了一些心思打扮。妳告訴自己，這是出於自我尊重，最低限度妳不能讓任何人，更何況是個陌生男子，看出妳睡眠不足的醜態。而就在妳朝額頭臉頰塗上一層層厚粉時，妳突然決定何不開個惡意玩笑。妳拿出眼線筆，再挑了顏色最暗的唇膏。

妳剛進門就看出這不是那種有錢人在俗氣會所中辦的炫富宴會，而是真正開在某人家中的高級私人派對。舉目望去不見任何昂貴但俗不可耐的物件，沒有豪華的傢俱或藝術品，沒有珠光寶氣的貴婦或小模，更缺乏大聲喧譁的土豪老闆。相反地，無論男女賓客都透著低調素雅，顯得氣質彬彬充滿教養，手中多拿著茶杯，彼此壓低聲音交談。當妳經過他們時，不只一個人轉頭打量妳誇張的妝扮，但也只是露出淡淡淺笑，轉頭回去繼續彼此的話題。他們似乎知道妳是誰，理解妳在故意開玩笑，甚至欣賞妳的幽默感，這反而讓妳開始後悔自己的幼稚衝動。

妳要見的贊助人就立在客廳斜對角的一尊佛像旁邊，背對著妳看向落地窗外的夕陽。他彷彿感應到妳的存在，適時轉身來面對迎向他的妳，剎那間妳停下腳步，因為妳又聞到那個讓妳在睡夢中產生奇怪幻覺的迷香，妳忍不住左右張望，想找出香氣來源，就在此時妳發現眾賓客間有個熟面孔，居然是阿賓，獨自窩在客廳的軟沙發一角啜著烈酒，臉上還是悶悶不樂。妳不理解阿賓為何也出現在這地方，如果他與派對主人認識，為何不讓他去和乾先生談事就好，卻硬要把妳拖來蹚這渾水。

但妳無從多想，妳發現主人也轉頭朝著阿賓微笑，顯然在等待妳下個動作，妳只好將注意力移回他臉上。他則顯得完全理解妳所有的內心糾結，決定主動迎向妳，對於妳充滿挑戰意味的外表服飾反而視若無睹。

妳這時才確定，淡淡的香味是從他身上發出來的。

「曉妍，我們終於見面了。」乾先生的雙眼炯炯有神，講話聲調略微偏高，幾乎像在唱歌，宛如來自某個遙遠時空，既熟悉又陌生，讓人為之神魂顛倒，妳不禁自問這是緣還是劫。

妳抬頭直視乾先生的五官，輪廓挺拔分明，有中亞的混血味，眼睛則細長，即使不笑也顯得溫暖，外表雖然修長，不致讓人覺得弱不禁風。妳意識到自己口乾舌燥，體內某些器官開始充血。

「乾先生……」妳鼓起勇氣回話。「我希望我能講同樣的話，可惜我不能，直到昨天我才知道你的存在，以及這些年你對雪松的貢獻……」

妳的派對主人突然舉起手，似乎不希望繼續這話題，妳只得把剩餘的話吞回口中。「今晚就不提雪松了，我們有更重要的事要討論。」

「比舞團更重要的事？」

「是的……妳。」

可是妳不打算讓自己變成話題，因為妳根本不認識這人，你們沒有任何交集，如果有也只是羅老師。「我知道……你去醫院看過羅老師。」

「是的，我去過……事實上我每天都去，她的情況讓我擔心。」

「每晚表演結束後我也有過去，卻一直錯過你。」

「既然妳沒遇見我，怎麼知道我去探望她……難道羅老師告訴妳了我是誰？」

「她沒說什麼……我聞過你留下的香水味，就在她病房內。」

他並不驚訝，僅淡然一笑。「我像是會擦香水的人嗎？」

如果乾先生在裝傻，妳只能說他的演技還算逼真，接著奇怪的事發生了，妳突然注意到，妳和他靠得越近，他身上那股香味反而變得若有似無，妳甚至嗅不到它的存在。

他不待妳回答，逕自離開所站位置，妳別無選擇只能跟隨他身後，一路來到一間隱蔽的書房，書房內一整面牆上，掛著一幅巨大而古樸的水墨畫，黑白墨色之間點綴著青紅淡彩，數十名古裝男女從各種角度穿梭飛行在畫布上，或手舞足蹈，或手持樂器，或開口歌唱，展現的飛動之美是變幻的。他們在空中跳躍，懸浮，翻飛，冉冉上升，再從高空俯衝直下，斜掠疾掃，再翩然回翔，動作看似驚險，卻不會給人即將墜落的恐懼感。他們共同形成一個保護傘似的天屏，天屏之下釋迦牟尼佛舉著蓮花指端坐入定，法相極其莊嚴。

妳並非頭一回見識佛教藝術品，妳直覺地認出這幅畫年代久遠，肯定出自某高人之手，但不像近代臨摹之作。畫中圍繞佛祖載歌載舞的人物形象也不陌生，唯一讓妳不解的是他們的性別。「這是佛教藝術中的飛天伎樂，天界中的歌舞神，可是就我所知，飛天應該是女的。」

「妳知道飛天？非常好，只是飛天是後人的叫法……」乾先生露出一抹微笑。「在更久遠的年代裡，他們其實有男有女，共同陪伴佛祖住在靈鷲山上，而且男女有著不同名字。」

一時之間，無可言喻的殊聖之情充滿妳胸口，妳突然有起身一舞的欲望，想要抖落繁綸，洗淨鉛華，在佛祖的凝視下伸展，吐氣，雀躍，不管如此做是否合禮，也不顧周遭竊竊私語，妳要翩若驚鴻地解放自我。妳無法解釋什麼力量讓妳如此激動，妳毫無招架地望著畫，使盡全力不讓自己熱淚盈眶。

你是佛，而我是為你跳舞的緊那羅。我為追隨於你，甘願水深火熱，從此高踏蓮座，不再落地。前世今生，來世來生，請讓我永世追隨！

「妳還好嗎，曉妍？」

「謝謝你告訴我這些，乾先生，如果我是佛教徒，這一切或許會很有趣……可惜我並不信教，所以無論是飛天或她的前身，不管他們叫什麼，與我有何關係？」

乾先生耐心聽妳講完，眼神突然像在發光，深深看著妳。「曉妍，妳有沒有想過，妳為什麼喜歡跳舞？」

「因為我很幸運，有舞蹈的天賦。」

「有天賦的人太多了，但絕大多數人從不曾按照他們天賦去發展，他們不珍惜也不夠努力，妳卻做到了。」

「我說過我很幸運，有支持我的父母，遇到好老師，然後有幸加入雪松……」

「如果我告訴妳，這一切並非運氣，更不是偶然，妳注定要走上舞蹈這條路，妳願意相信嗎？」

妳自然不願相信陌生人的無稽之談，但離去之前，妳還是禮貌地收下他的禮物。那是一本關於敦煌莫高窟的照片集，印刷得極為精美，其中許多壁畫似曾相識，但有更多是妳從未見過的。妳意外發現，自己被這些岩壁上的古畫相深深吸引著，就像是整理舊物間時，赫然發現了一本家族的老照片本，裡面的每尊佛、每位菩薩、每個護法金剛妳都越看越親切。妳廢寢忘食地翻看著畫冊的每一頁，無法解釋自己為何像著魔般停不下來，然後妳在某張洞窟照中發現一張臉，那是畫於北魏時期的一千四百餘歲的臉，妳抱起照片集，匆匆趕去醫院。

羅老師的病情持續惡化，才過了三天頭髮已接近全白，妳想起以前跳獨舞的她，及腰直髮隨著她舞台上的動作，在半空中來回飄逸擺動，妳當時就發願，將來要像羅老師一樣，將自己的生命徹底獻給表演藝術。

「我的大限到了。」老師見妳出現，輕輕嘆了一句，輕微水腫的臉上有一抹病態的光彩。

「不要這麼說，老師，妳一定會戰勝病魔，重新好起來的。」妳衷心地期盼著，即使稍早妳才得知，老師的病被診斷出來是肺癌末期。此時病房角落傳出啜泣聲，妳轉頭發現阿賓正蜷在房間一角地毯上，蓬頭垢面衣衫不整，上身蓋著妳不久前才見他穿過的西裝外套，昨晚的贊助人派對之後他大概就待在這裡。妳從來不知阿賓和老師有很深的交情，會默默來為她守夜。

阿賓的哭聲也讓妳想起自己趕來的目的，妳拿出乾先生送的敦煌石窟集，翻到讓妳不可置信的那一頁，鼓起勇氣推到羅老師面前。

那是莫高窟第282號窟的南壁，畫有十二身飛天，她們身形修長，束雙髻，裸上身，繫長裙，披彩帶，一邊演奏著拍板、笛、簫、琵琶等樂器，一邊在空中翱翔飛舞撒花，整幅壁畫呈現出大千極樂世界的無比美妙。

「老師……」妳用力吞了口水才往下講。「這是怎麼回事，這壁畫上怎麼會出現妳的臉？」

羅老師吃力地瞄了照片一眼，整個人突然活過來，石壁上眾多古老的飛天形象中，毫無疑問有張臉畫的正是她，她的五官，她的笑顏，她睜大眼睛。「阿賓，快過來，就是這張畫……我一直想親自去敦煌瞧瞧，可惜沒時間了。」

阿賓被她叫喚，順從地起身擠到病床邊坐下，安靜地欣賞壁畫，然後破涕為笑。「把妳畫得太美了。」

兩人同時笑出聲，把妳弄得更加滿頭霧水，阿賓轉頭看妳一眼，再轉向床上的病人。「是時候了，告訴她吧。」

羅老師點頭，握住妳的手。「曉妍，記得我跟妳提過重生嗎？」

重生？妳試著回憶，老師何時講過這詞？然後想起來她曾提到，自從她重生之後就沒見過乾先生了，當時妳以為她生病語無倫次，就沒進一步質問。

「記得，老師要重生去做神仙了？」

「不是她。」阿賓忍不住插嘴，被病人瞪了一眼。

「不是我，是妳！」羅老師鄭重地宣布。「妳要接替我，繼續在這世上弘舞樂之法。」

「老師，我都快二十五歲了，怎麼說我要重生？」

「那是過去的妳，曉妍。」阿賓搶下老師的話。「很快妳將成為下一個緊那羅！」

按照佛教傳統，佛祖共納了八位護法神，合稱為「天龍八部」，分別是天神、龍、夜叉、乾達婆、阿修羅、迦樓羅、緊那羅，和摩呼羅迦，你們原本是其它宗教被崇拜的神祇，受到佛的感召而皈依佛門，每位護法神皆有其特性和神通。其中乾達婆是司奏伎樂之神，佛土中歡樂吉祥的象徵，緊那羅則是歌舞神，通常為能歌善舞的女性，嫁與乾達婆為妻。乾達婆和緊那羅形影不離，融洽和諧，是天界恩愛的夫妻。

緊那羅？她曾出現在妳潛意識中，當時妳立在飛天繞佛的水墨前，熱淚盈眶無法自持。現在這奇異的名字居然被一字字念出來。

阿賓仍無比認真地解釋著佛理，反而讓妳哭笑不得，緊咬嘴唇才不讓自己笑出聲。「你是想讓我相信，我就是緊那羅，因為我會跳舞？」

果然阿賓臉色一沉，準備發作。「妳信或不信都不重要，事實是不會改變的。」

「你也很會跳舞，難道你也是緊那羅？」妳忍不住反嗆阿賓。「不對，你說緊那羅是女的，所以你不可能是緊那羅……」

「我們其實非男非女，只是在信眾之前要有個形象，好方便他們膜拜，所以緊那羅通常是女性，乾達婆是男性。」

「你剛剛說我們，難道你也是守護神，你是那個乾達婆？」

「是也不是……」羅老師虛弱地替他回答。「阿賓是個阿修羅！」

妳轉頭打量阿賓，只見他的大眼睛開始發亮，身體周圍也發出微弱光芒，像是他身體分裂成兩層，相互堆疊，變得很立體。

妳看得又驚又奇，懷疑自己眼花了，或者阿賓在變戲法。「所以阿賓只是你的人形肉身，真正的你有另一個模樣？」

這句話似乎問到阿賓痛處，他頓時又開始暴躁。「按照人間的審美標準，男的阿修羅長得奇醜無比，而且脾氣很壞，兇惡好戰，所以我被迫得挑不同的形象……」

「避免嚇壞信眾。」妳替阿賓講完他的歪理，胸中同時升起一股怒火。「阿賓，都什麼時候了？萬一羅老師棄我們而去，今後舞團何去何從我心中一點主意都沒有，你居然還有心情開玩笑！」

「曉妍，妳信不過阿賓，難道也信不過我？」羅老師才問畢，身體也開始發出類似的光芒，身後出現了另一種半透明形體，她的臉上也出現變化，雙眉之間似乎多出了一個角……

羅老師確實不像在說謊，她的臉龐出現在千年之前的壁畫上更不像。只是阿賓自稱阿修羅，並指羅老師和妳是什麼緊那羅，皆是來到世間弘法的天龍八部護法，這些說法實在太匪夷所思。

可是曉妍，覺得匪夷所思的只是妳的理智，妳的身體早已開始訴說全新的故事。夜復一夜，睡著後妳會回到相同的夢境，發現那位獨舞者的姿態更清晰，舞步也更繁複了，雖然妳仍看不清她的臉，妳感覺妳正看著自已舞動的身軀。夢境出現變化，風雨交錯無處間歇，真實與虛幻的界線逐漸模糊，最後甚至顛倒過來。白天裡妳像是行屍走肉，處在理智與瘋狂間動彈不得，只有在睡著後妳才獲得解放，夢境成為妳唯一的真實，每一刻妳都期待著他的出現。

妳並未等待太久，他開始潛入妳的夢中。起先只是那股熟悉的香氣，幾晚之後一位修長男子加入妳的獨舞，他轉身伸出修長的手臂，將妳輕輕攬入懷抱，他反覆念著妳的名，緊那羅，緊那羅……話語中有說不盡的思念與哀愁。妳仍看不清他的臉，也找不到他的眸子，妳無奈地將臉靜靜靠在他胸前，那一瞬間妳找到了此生的避風港，但下一瞬間他又將妳推開，兩人凌空盤旋，彼此的肢體相互交錯堆疊，你們調情，交媾，狂舞的同時，妳又像在冷眼旁觀，妳提醒自己，如果妳真是緊那羅的繼承者，這男子只有可能是乾達婆！

5

羅老師出殯當天，文藝界名人和舞蹈界好友們幾乎全到齊了，妳宛如老師的乾女兒，大夥都上前來向妳致意打氣。唯獨不見神祕的贊助人乾先生，妳的心思反而不時回到他身上，那張安靜又充滿感情的臉，他充滿磁性的聲調，以及他奇特的體味，妳幻想他此刻悄然出現在身旁，張開雙臂輕輕摟住妳，為妳拭去止不住的淚。

老師走後一周妳仍深深浸在傷痛中，整日恍惚無神。又過了一周，妳終於決定不能再像行屍走肉活著，妳的體中有股蠢蠢欲動的欲望，於是妳勉強拖著身子重返練功房。妳換上硬舞鞋，開始暖身拉筋，依序做熟悉的基本動作，等準備好了妳開始練習跳躍，練習旋轉，再跳躍，再旋轉，妳維持流暢優雅的身體線條，輕易完成一連串高難度的動作，然後妳停了下來，確定自己不想再跳這些動作了。

望著落地大鏡子中的自己，妳的思緒不再只是位舞者，只專注自己的身體，不再只是詮釋編舞家作品的工具。妳的思緒中充滿各種舞步，部分是妳夢境中見過的，迫不及待想在真實世界中重現，更多是妳從未嘗試但突然浮現腦海，想藉妳的身體首度展現出來。

妳想呈現漫天飛舞的感覺，妳想像人體的動勢和衣帶在流雲之間穿梭，空氣流經妳的身體，風吹雲動導致衣帶裙襬的飄動，進而推動人體的飛翔。妳取下套在脖子上的長圍巾，模仿纏繞飛天的長彩帶，妳開始揮動它，重現腦海中的舞姿。接著，潛意識中出現了配樂聲，妳從未聽過的音符組合，完美地搭配妳的舞姿，樂舞合一逐步邁向高潮。

「妳做到了！」當妳結束時，彷彿有人在妳耳邊輕輕發聲，妳赫然轉頭，發現乾先生站在練功房門口，離妳有十公尺遠，深深地望著妳，手中捧著包裹好的長型禮盒。

「是你。」妳空白的腦中只浮現這句話。

「是我。」妳的耳中又響起如歌唱的聲音。「我等這天等很久了。」

「為什麼選我，而不選羅老師？」妳講出心中一直無解的問題。「你們應該要在一起的，你是她一直在等的人。她到底做錯了什麼？讓你如此狠心棄她而去？」

「我並沒妳想像的那麼狠……」乾先生露出苦笑。「這些年我安排阿賓陪在她身邊。」

「那不一樣，阿賓只是工作夥伴，而不是伴侶，阿修羅甚至不擅長歌舞，難怪他跳得不開心，老在生悶氣。」

乾先生再度苦笑。「阿賓盡力了。」

「羅老師也盡力了，一手把雪松拉拔到這個等級，你卻背棄了她。」

「她是盡力了，她原本可以更好，可是她已到頂了……」乾先生開始朝妳走來。「羅老師揚棄了自己的出身，她的虛榮促使她去模仿別人，想勉強混合出新的東西，卻反而失去自己的底蘊。」

這番話說得直白，甚至殘酷，但妳完全理解乾先生，妳甚至同意這觀點。羅老師生前對西方舞蹈的狂熱是眾所皆知的，在嘗試融合傳統芭蕾和現代舞的同時，她從未思考去連結西方與東方。妳基於忠誠不曾質疑她的選擇，但妳心中早已有不同的見解。

乾先生露出淺笑。「按照人間的說法，羅老師是個崇洋的緊那羅。」

「所以你讓她自生自滅！」妳不禁抗議。「為什麼不提醒她？或將她拉回正道？」

「因為藝術這檔事，並沒有所謂的正道。」

「沒有正道？」

「我相信妳懂的……」乾先生已走到妳面前，直接對妳說話。「對藝術的熱情，就像男女之間的情愛，本質上是極相似的，愛就愛了，不愛就不愛了，沒什麼道理可言，愛或許有盲點，有遺憾，但沒有對或錯。」

「所以你並不怪羅老師。」

「她選擇走自己的路，能走多遠或走向何方，在她做選擇的當下已注定了。」乾先生表現出絕對的淡然。

這番話突然讓妳想通了，我們來到人間，要弘的不單是樂舞之法，更是一種自在的生命觀；羅老師並未失敗，她用真誠但有限的成就做出了最佳見證。「你希望我做出不同於羅老師的選擇？」妳忍不住再問。

「曉妍，我相信妳已經看到方向了。」

妳確實看到了。妳決定要離開雪松舞團，妳要編自己的舞，並將它帶到國際舞蹈大賽上，妳不想追隨任何前人的腳步，決心做個很不一樣的緊那羅！當妳看著緩緩被打開的長禮盒，妳還是難掩驚喜，裡面包著一條絲質綠色長彩帶，妳未來編成的飛天舞蹈正需要這樣的長彩帶，如同古壁畫和夢境中早已預言的，它終將與女神合而為一，而乾先生早已看透妳的心，為妳備好了道具！妳激動地看著乾先生，想像自己將擁有一個理解妳的伴侶，只是妳心中仍有疑問。

「妳發問吧。」

「你……真的是他？」

「妳真想知道？」乾先生反問妳時，一雙巨大而閃光的金翅隱約從背後展開，身上的香氣撲鼻而來。

望著五彩羽毛的金翅，妳顧不得臉頰漲紅發燙，勇敢說出心中的話。「因為如果你是他，我們注定要在一起……佛經上是這麼寫的。」

這句話終於逗笑了我。世間的男歡女愛，總跳不出庸人自擾的輪迴，卻又如此引人嚮往。我品嘗著那古老的感覺，對妳輕輕點頭。

就是那夜，妳跳完十迴旋謝完幕，睜開雙眼的第一瞬間，不自覺地低眸望向坐在舞台下的我，便注定了重返彼此的命運。三百世前我倆已共立恆河邊，望著那無邊星火無際樓雲，念著這人世繁華盡情起舞！

是的，我是乾達婆，而妳是我永恆的舞伴緊那羅。

女人花

我最擅長的就是放手，縱使幸福緊握著，
低頭笑一笑，也就鬆手了

女人花

1

任何人回顧自己一生時，或多或少能清楚指出幾個關鍵的抉擇點：住什麼地方，念什麼學校，交什麼朋友，挑中了什麼行業，愛上了什麼人，相信過什麼謊言，對誰伸出過援手。而這些關鍵的抉擇時刻，通常不像電影裡演的那般，先給個精彩預告，然後來得轟轟烈烈，還配上撼動人心的背景音樂，讓你做好心理準備，或規劃出應對方策，再深深吸口氣迎接它。

相反地，抉擇的時刻通常來得毫無預兆，無味無影，在某個毫不起眼的星期三下午四點二十分，悄然出現眼前，讓你手足無措，毫無防備，逼著你只憑直覺本性做出反應，接著它就像有了自己的生命，而你變成了局外人，只能被動接受抉擇的連鎖反應，直到你的人生徹底轉向。

事情就從一個毫不起眼的星期三下午四點二十分，那個彎腰朝計程車內付車資的背影開始的。

即使相隔十餘年，我仍一眼即認出那熟悉的背影。她身高一百七，接近九頭身的標準比例，一雙修長美腿加上高跟鞋即佔去一半身長，這些都還是容易辨認的部分，過去三十年不知多少時尚照片和綜藝影片捕捉過她的身影。但我還記得一些外人不知道的，例如她如何擺動臂膀，如何蹬著五吋高跟鞋彎腰，將腿打開約三十公分，完美地用小腿肌肉和腳趾保持身體平衡，如何下意識地將手按住胸口以免走光，如何用纖長手指撥開遮住臉龐的捲髮，如何向專車司機揮手致謝。同樣的動作我反覆看過無數次，從未看膩或厭煩，因為我為她開過五年車。她曾經是我的女神，我心目中完美的女人形象，如今在偶然重逢的剎那間，我發覺她仍然是。

我還來不及開口叫她，麗姐已付完車資，轉身同時戴上明星必備的全黑墨鏡，跨著模特兒獨有的伸展台步伐，目不轉睛朝牛排館走去。麗姐向我解釋過，並非她故意要擺出高不可攀的姿態，事實上她是我遇過待人最親切的老闆，但身為公眾人物她別無選擇，與粉絲們太親近只會招來麻煩，熱情的鐵粉有時比想吃豆腐佔便宜的壞蛋更難測，為雙方帶來不必要的困擾。我完全理解她的考慮，這些都是她付出慘痛代價學來的教訓，我同時還學會一些粉絲心理學，追星本來就是高度情緒性的行為，毫無理性可言，保持適度的距離反而增加神祕感。

麗姐跨步經過我面前的片刻，周圍一切似乎變成慢動作，我的嘴早已張開，聲音卻卡在喉頭深處發不出來，無法形成聽得懂的話語說出口，一時之間太多深埋的記憶灌入腦門，衝得我頭暈目眩，幾乎站不穩腳步，等我回神過來她已拉開玻璃門，消失在幽暗的牛排店內。

我完全意識不到，一個生命的抉擇時刻正在醞釀發生。如果我當時擠出一抹苦笑，認清自己不過是個小人物，只是麗姐絢爛生命中暫時交錯的過客，或者我即時想起《那些年，我們一起追的女孩》那句台詞：人生本來就有很多事是徒勞無功的，或許我就能瀟灑地走開，繼續回去扮演那個毫不起眼的我。可惜在那關鍵的瞬間，我什麼也沒想，腦中只浮現一個念頭，我不甘心永遠無足輕重，我渴望重溫依附在她身邊的那種虛無美好，彷彿我也能跟著重要起來，即使短暫的幾分鐘也好。

於是我跟在她後面，走進了牛排館。

我名字叫紀勇，認識我的人管我叫小紀，今年三十五歲，九個月前結束了勉強維持近五年的婚姻。其實我不怪小娟離我而去，她真的盡力了，是我的無感和無能去維繫家庭毀掉了一切，可是在法官面前我講不出這些話，或顯露出絲毫悔恨和改過的誠意，否則或許我還能爭取到共同監護權，可惜我最擅長的就是放手，縱使幸福緊握著，低頭笑一笑，也就鬆手了，如同我從小到大放手過無數的東西。法官將一切判給她，我安慰自己這是最好的安排。

這段錯誤婚姻留下的唯一痕跡是剛滿四歲的兒子，我知道兒子很愛我，我也愛他，可惜我表達不太出來，如今連這唯一的痕跡也逐漸淡去。簽字後，她帶著兒子搬回老家，回到她父母的懷抱重新開始，我則守在同一間破公寓中，繼續過著行屍走肉的日子。這陣子我得用力去回想，才能想清楚兒子的長相，我想和小娟聯絡，要她傳兒子的近照給我看，等真要發訊息時，我又無法鼓起足夠的勇氣。

從小家裡沒錢，我父親是個窩囊廢，是那種在街上等機會製造假車禍騙錢的那種廢物，母親病逝後他告訴我念書沒用，那時我才念完國一，還來不及抗議就被送去當修車學徒。我在修車廠待了一年多，學明白兩件事：一是街頭賽車，二是偷車比修車有賺頭。於是，我從十四歲開始偷車，各式各樣的高級車，只要有人下單，我和搭檔都有辦法得手，任何門鎖或警報器都難不倒我們。懂得修車是偷車賊的重大競爭優勢，我們越來越搶手，膽子也越來越大，兩個發育不全的青少年居然敢在大白天公然下手，好運用完，遇上照子亮的警察被攔下來，只是遲早的問題。

少年感化院「收留」了我兩年，期間唯一探視過我的人不是父親，而是逮捕我的警察老趙，當年他還只是小趙，自己沒有小孩，也不管我願不願意，將滿腔父愛全發洩在我身上，強迫我戒菸、念書、練身體，終於在感化院裡考過高中同等學歷。重獲自由後，我再沒見過廢物父親，老趙反而成了我乾爹。我最後沒有陳屍在某條暗巷或臭水溝裡，全要歸功他當年拒絕放棄我。

可惜我們畢竟不是血親，他不輕言放棄的習慣沒傳染給我，我繼續放手這半途而廢。更生人能幹的活原本就有限，我還挑三揀四，沒一個做得長，直到偶然機會重新坐回駕駛座上，戴上皮手套緊握著方向盤，回憶自己在街頭飆著贓車的快感，才重新找到自我。十八歲那年我變成租車的專車駕駛，專載高檔客人，一年後再被介紹給如日中天的名模兼女演員蔣文麗。

「天大的事你也不先跟我商量！」

對於我沒事前和他討論離婚的事，老趙一直耿耿於懷，即使事情過了大半年，每回見面仍要拿出來數落一番。

「商量有什麼用，她心意已決，天王老子出面也改不了。」

「小娟就算不聽你的，總還賣我一點老臉吧？夫妻一場事情不必做絕，再怎麼說你們有個孩子，她不該這麼狠，連你見兒子的機會也不給。」

「也許這對兒子是最好的。」

「胡說八道，兒子都需要父親，現在也許看不出來，等他再大些就會需要你在身邊。」

「到那時候，他應該有個新爸爸了。」

這類對話總惹來老趙更多白眼，他拒絕接受我在講真心話，我當真相信失敗是會遺傳的，就算不經由基因，也會透過共同生活的每一天，從我父親傳到我身上，那是一種疾病，與生俱來不可抗拒的無力感，不流在血液中，卻鑽到骨子裡，除非你親自體會，旁人是無法理解的。身為全天下最不稱職的父親，我不能再將它再往下傳。

我不是沒振作過。為了養家活口，證明給小娟看我已徹底洗心革面，過去這五年我其實混得還不錯，我努力充實自己，找到穩定的工作。如果你不知道我的過去，你根本會誇我幹得有聲有色。

被麗姐的新老公炒了之後，我自暴自棄過好一陣子，重新和感化院的朋友混在一塊，整日遊手好閒，背著老趙又回頭幹了幾票偷車的勾當，但我心中很不踏實，年紀大了膽子也沒了，深怕再被抓回牢裡去。就在最徬徨的時候我認識了小娟，真不知她看上我哪一點，要錢沒錢，要房沒房，她卻死心塌地跟著我，相信日子會越過越好，我卻越過越心虛，知道自己遲早會讓她失望，正考慮提分手時她懷孕了，我只得硬著頭皮，向老趙借筆錢娶她進門，然後找到唯一忽略我前科的工作：保險公司申調員。

欣安保險是家私人小企業，辦公室設在極不起眼的舊住商混合樓內，上從老闆下到打掃阿姨，總共不過二十幾個人，全擠在一百坪不到的空間裡。在保險公司多由大財團把持控制的世界裡，欣安如何能存活下來，是我面試時唯一想問的問題，當老闆表明不在乎我的犯罪紀錄時，我自然將這唯一的疑問吞回腹中。

愛因斯坦的相對論我搞不懂，但他講了句讓我很受用的話：你必須學會遊戲的規則，而且比別人更會玩弄遊戲規則。

我很快搞清楚欣安的生存之道，其實就一句話：盡量收保費然後盡量不付理賠。等保戶真出了事要申請保險理賠時，就派出像我這種申調員當擋箭牌，先來個死皮賴臉一問三不知，若第一招未奏效，再上演雞蛋裡挑骨頭，找出任何理由拒絕付錢。

公司生存之道自然造就了個人生存之道，難怪老闆完全不理會公司裡供著好幾位更生惡神，我甚至合理懷疑，他根本專找我們這種人，既投鼠忌器又無道德良知，連我在內三位申調員很可能都有案底，我懶得真去查他們，兩位老兄腦滿腸肥，都已坐四望五，就算曾在道上混過，大概也是些不痛不癢的陳年舊事，如今早就變成家貓，習慣坐在辦公桌後翻文件打哈欠。

我帶給公司和老闆的價值，則是全新的申調視野與活力，以及縱橫黑白兩道累積的市井智慧。與街頭爭霸刀口舔血的日子相比，要拒絕小老百姓理賠金，無論有理無理，實在只是雕蟲小技。

正因為如此，當我走進由倉庫改成的會議室時，小田緊張的神情中出現了希望和驚喜。滿臉橫肉的保戶江太太，除了換氣時稍作停頓，正連珠炮地抱怨他的無能，以及欣安的冷血。兩者皆不是新聞，但小田必須裝出第一次聽到如此駭聞的模樣，然後顯得非常受傷。

「小田，我先生死了這麼久，他的人壽保險到底批不批得下來，你們公司不會想要坑我吧？」

小田繼續滿臉歉意，用盡全力搖頭。陳太太漲紅著臉，一雙小眼睛狠狠瞪我一眼，再轉回去傷害小田，沒察覺到大禍即將臨頭。

「絕對沒這事，江太太，我幫妳催過好幾遍了，可是中調員還需要一些時間釐清細節。」

他特別在「好」上面悲憤地加重聲量，顯示自己和江太太站在同一陣線，面對的是共同敵人，可惜這個敵人還過於抽象，江太太不領情。

「死亡證明書都拿到手了，你們還要怎麼樣？」

她突然壓低咆哮聲量，轉而發出類似飲泣的喉音，營造出一種難以言喻的戲劇效果，連小田都不由自主被吸引，身體向她靠攏，準備施展下一招苦肉計。可惜事與願違，江太太搶先打出悲情牌。

「小田，當初別人是怎麼勸我們的，保險要跟大公司保，千萬別找名不見經傳的小公司……是我見你一表人才，覺得該給年輕人機會，才說服我先生，看在我的面子上簽字的……」

「這些我都知道，謝謝您和江總長期的照顧。」

「現在輪到你來照顧我了啊，老公突然沒了，你叫我靠什麼過日子？我不管，今天你一定得給個交代，沒拿到錢我絕不離開。」

小田的頭已抬不起來，額頭幾乎貼到會議桌面，不等他給我使眼色，我知道該出馬了。

「江太太，我們非常抱歉。」

我一發聲，小田瞬間抬起頭來，像剛被換下去休息的球員，呼了口大氣，準備喝口水，好整以暇欣賞隊友表演。我在他旁邊坐下，轉身正對江太太，打開卷宗，再拿出錄音筆，放在我和她之間。她剛才的表演被我硬生生打斷，正準備張嘴開罵，被我用手勢制止。

「江太太，妳先生有一組15000開頭的手機號，上海浦東機場購買的儲值卡，妳知道嗎？」

我低頭念卷宗內的資料，清楚感覺到她的小眼睛正打量著我的腦門。

「不知道，我需要知道嗎？」

我抬起頭面對她，挑出卷宗內的一張照片擺到她面前，她瞄了一眼，露出嫌惡的表情。她的表情讓我想起一部法庭戲電影，忘了什麼片名，片中老律師講的話很經典：除非已經知道問題的答案，千萬不要詰問你的證人。

「妳有這款蕾絲睡衣嗎？」

「我才不穿透明衣服睡覺。」

「我想也是如此。」

「你到底想說什麼？」

「江先生在浦西南京路的恆隆廣場購買了同款睡衣，刷卡時間是今年十月二十六日，也就是在他往生之後的兩個星期。」

我刻意沒在語氣上強調往生後，因為沒有必要，江太太完全理解我的意思，一切都在預料當中，包括她接下來擠出的冷笑。

「往生後？這怎麼可能，會不會是卡被盜刷？」

在她提出質疑的同時，我已經再從卷宗中取出一張影印紙，上面是信用卡刷卡單。

「這是妳先生的簽名？」

「像是像，也可能是被假冒的。」

仍然在嘴硬，沒有關係，更糟的還在後頭。我將卷宗蓋上，推到她面前。

「江太太，這卷宗內還放著幾張照片，是江先生和他二奶的生活照，本公司特約徵信社一周前拍到的……妳想看嗎？」

「你是說，他還活著？」

江太太的聲音開始顫抖，她的小眼睛盯著卷宗，夾雜好奇和怨恨，卻找不到足夠勇氣伸手翻開它。

「不但活著，而且欠了很多錢，才會演出這種詐死戲碼……江太太，基於上述種種發現，我正式退回妳的保險金申請案。」

「你是什麼東西，我為什麼要相信你？」

「我不是東西，我是承辦本案的申調員……如果妳不願相信，歡迎妳撥打剛才那支手機號，說不定妳先生會親自接電話。」

江太太驚訝得說不出話，用含淚的眼睛轉向小田求助，小田也只能同情地嘆氣搖頭，為她忿忿不平。

「小田，我現在該怎麼辦？」

「真的很抱歉，事情怎麼會變成這樣……」

我適時抽了幾張桌上的紙巾遞給她，決定說些安慰的話。

「江太太，亞瑟米勒曾經說過……」

「你說誰？亞瑟什麼？」

我耐著性子，不讓自己翻白眼。

「亞瑟米勒是著名的美國劇作家，他說過一句名言：這世上唯一會留下來的只有背叛。」

江太太無助地與小田相望，再回瞪我。

「你這是在嘲笑我嗎？」

「不，我是想安慰妳，什麼事都可能消失，只有背叛不會，遭人背叛是再平常不過的事。」

「你講的可是我老公啊！」

「任何人都可能背叛任何人……我大可提供二奶的地址給妳，不過依我看，妳真正需要的是個好離婚律師。」

江太太被我技術擊倒的消息，很快傳遍狹窄擁擠的辦公室，女同事們紛紛跟我和小田擊掌，連其它兩個申調前輩也勉強擠出笑容向我道賀。

老闆特別把我叫到他辦公室去，大概想給點口頭上的嘉獎什麼的，可是我猜錯了，只見他坐在烤漆得發亮的紅木辦公桌後，板著一張臭臉打量我。

「你自己說，你犯了什麼錯？」

這和我心中的預期天差地遠，一時之間滿頭霧水答不出話，只見他的女祕書兼小三站在桌旁，一副已經便祕半個月的哭笑不得表情。

「我……我想不出來。」

老闆起身，用粗肥的手指直指我鼻頭。

「小紀，我告訴你，你做錯了什麼，你讓太多人領不到保險金，沒法子過個好年。」

「啊？」

去他媽的好傢伙，居然來這一套，差點沒把我的尿嚇出來，他老兄自以為幽默，渾然不知多少道上衝突，就因為這樣的玩笑誤會而見血。老闆開始放聲得意大笑，對自己在祕書兼小三面前展現的演技滿意到不行，他從紅木辦公桌後繞出來，給我來個熱情熊抱，我只得跟著陪笑，默默承受。

「幹得好，小紀，加上這一件，這個月的退件總金額又拿全公司第一。」

「哪裡哪裡，這是我的職責所在。」

「如果我能再多幾個像你這樣的申調員，很快就能退休了，來來來，坐下來，陪我邊吃邊聊。」

女祕書兼小三已在旁邊茶几上擺好兩個日式便當和兩副竹筷子，她特地為我打開盒蓋，看著盒中精緻的山珍海味，我眼眶頓時一陣酸，恨不得能打包一半回去當晚餐。

老闆不理會我內心的糾結，顧自開始大啖美食。

「告訴我，那個江太太知道老公詐死又包二奶時，臉上是什麼表情？」

「她其實滿可憐的，完全被蒙在鼓裡。」

「不要同情那些人，可憐模樣誰不會裝，說不定夫妻串通好想騙我的錢……咦，你怎麼不吃？」

「很久沒吃這麼好的飯盒，不知從何吃起。」

「怎麼了，你工作這麼費勁，老婆沒煮好吃的給你補補？」

「她……她沒空準備。」

「小紀，男人要有男人的樣子，知不知道，不可以讓女人騎到頭上去！」

祕書兼小三別的不懂，就懂察言觀色，她見我臉色越來越難看，趕緊跟老闆講悄悄話，老闆這才收斂笑容，換上關切的表情。

「沒住一起……噢，分居了是吧，沒有關係，天底下多的是女人。」

「是，老闆。」

或許是期盼老闆真能靠我這王牌申調員，提早退休將錢全花在她身上，祕書兼小三熱心地向他擠眉弄眼，老闆終於會意過來。

「不過啊，小紀，有件事我要提醒你……」

「老闆請說。」

「佛要金裝人也要衣裝，你整天穿這一身舊西裝和破鞋，肯定是交不到新女朋友的。」

女祕書兼小三趕緊幫腔。

「老闆說得對，要給小紀來個徹底改造！」

在那片刻，我突然覺得這無腦又無胸的妹子還滿可愛的。

帶著老闆賞賜的額外業績獎金，以及去添套新西裝的嚀囑，我恭敬地走出老闆辦公室，慶幸自己沒有砸鍋，又成功扮演了努力上進，老闆賞幾個臭錢就感激涕零的更生夥計，因為這是他們唯一想看的戲碼，也是他們唯一看得到的。老闆和無腦無胸妹子看不到的是努力上進感激涕零假面下，王牌申調員小紀其實是空的，心是死的，我的知覺早已麻木不仁。

即使如此，下班後我還是去百貨商場報到，準備挑幾件新衣好回去交差。絕大多數的衣服標價讓人瞠目結舌，好像店家全聯合起來和我作對，在價錢後面多加了個零，好不容易找到打六折的過季專櫃，某條色彩鮮明的領帶正引發我的興趣，一個揹著學生書包的男孩出現在我視線中。

年約十一二歲，穿著發皺的私校制服，從人形模特兒後方探出半張臉偷看我，我稍作打量就知道他是個逃家小孩，他發現我注意到他，趕緊躲到假人背後，等換我探頭去瞧他，小孩已不見蹤影。

我不以為意，低頭翻看領帶標價，打完六折仍遠遠超過我能接受的數字，只好皺眉放下領帶，悻悻地移向其它專櫃，放棄將難得到手的現金浪費在幾片掛著歐洲牌子，但極可能在中國織出來的花布上。然後我的眼睛餘光又捕捉到那男孩，居然站在我先前逗留的六折專櫃前，熟練地將我看上的花領帶塞進後褲袋中。

我忍不住發笑，下意識地替他左右張望把風，確定附近沒有店員注意他。男孩食髓知味，迅速移到隔壁專櫃，準備將一對袖扣放進書包的開口，此時一位女店員從更衣間探出頭，她發現男孩偷東西，橫眉豎目衝向前，一把抓住他握著袖扣的手臂。

「你以為這是哪？容你這樣撒野，快把偷的東西放下。」

男孩頓時漲紅臉，鬆手讓袖扣落到地上，用力想掙脫女店員的魔爪。

「放開我，讓我走。」

女店員反而將他抓得更緊，男孩絕望的神情突然觸動了我心中的某個痛點，時光似乎倒回到那個被老趙攔下的時刻，他也是緊緊抓住我沒長肉的手臂，使盡力量將我拖出偷來的進口車。我大步衝過去，硬將男孩從女店員手中拉過來，再擋在他們兩人之間，轉頭斥責他。

「想買什麼跟叔叔講，東西給我，我來付帳。」

女店員顯然見過些場面，滿臉狐疑地打量我。

「你是他叔叔？」

我一邊彎腰去撿地板上的袖扣，一邊堆起滿臉歉意。

「小孩子不懂事，幫我包起來吧。」

男孩趁這空檔，突然掙脫我的手，一溜煙跑不見人，我也樂得利用這藉口，向她再道個歉調頭走人，慶幸省下買袖扣的錢。

「你是他叔，我就是他媽！」

我不理會女店員在背後咆哮，專心判斷男孩可能的去向，商場人不多，左轉右繞卻見不著人，我多繞了十分鐘後才放棄，搭電梯回地下停車場去取車。等回到舊車旁，摸遍身上口袋，才發現遙控車鑰匙不見了。我還來不及判斷是否被偷了，車鎖居然自動打開，駕駛座玻璃窗搖下來，消失無蹤的男孩探出頭來，一臉無辜地看著我。

我沒好氣地走近車子，他識趣地退到副駕，等我上車後才將遙控鎖連車鑰匙一併交給我。

「車子根本沒鎖，早知道就不偷鑰匙了。」

我轉頭看著他，一時之間看到二十年前的自己。男孩見我神情迷離，以為我對他打著壞主意，不自主地抱緊書包，我伸手摸他的頭。

「蹺家多久了？」

「你問這幹嘛，別想勸我回家。」

「你顯然混得還不夠久，想要偷車直接開走就是，不需要鑰匙。」

我啟動車子，迅速離開停車場。從我開車熟練的架勢，他大概看出我不是胡謅他，卻又看不出我是何方神聖。

「為什麼要幫我？」

「你讓我想起從前……我在你這年紀時，已經偷過上百輛車了。」

「所以你的車從不上鎖？」

「對偷車賊來說，車上不上鎖沒有差別。」

男孩果然瞪大眼睛，眼神中多了幾分欽佩。

「你教我如何偷車，賺得錢我和你平分。」

「你個頭還太小，小孩開大車很容易被攔下。」

「不教拉倒，反正我偷衣服也能換錢吃飯。」

「如果我是你，我會避開百貨商場，商場平時沒客人，容易被盯上，要等周年慶時才好下手。」

「除了偷車，你還會什麼？」

「我還會帶你回家。」

「我講過我不要回家，回家也沒有人在。」

我硬搶過他的書包來檢查，書包上掛著標籤，上面寫著高級區地址。

「你是有錢人家的小孩，爸爸媽媽呢？」

「有錢怎麼樣，他們就只忙著做生意賺錢，半個月才回家一次。」

幽暗眼神中的寂寞道出我所有想知道的事，我將書包還給他。

「請你吃頓飯，這總可以吧。」

男孩深深看了我片刻才點頭。

「前面不遠有家茶餐廳。」

我順著他的指示，在兩個街口後左拐再右拐，剛好有個停車格，就不客氣地將車子停下來。

「茶餐廳在哪……」

話還沒問完，男孩已拉開車門衝出去。這招是我沒料到的，他時間抓得正好，趁我分心停車時展開行動，我來不及阻止他，只得跟著下車去追。男孩並不真的想脫離我的視線，邊跑邊回頭望我，他的動作像是在試探，想知道我是否真的在乎他。

追過兩條街後，他突然扔下一個東西，我不得不停下來查看，認出正是自己之前想要的領帶，等再抬頭時，他已消失在人群中。也許他確認了我是善意的，留下謝謝我的禮物，但這並不代表他要和我交朋友。

我若有所思地撿起領帶，準備調頭去找車子時，就看見麗姐熟悉的背影在付車資。一時之間我發不出任何聲音，只能看著麗姐轉身戴起墨鏡，如走伸展台般大步經過我面前，進入旁邊的牛排館。

我即時回神，跟在她後頭走進牛排館，只見她已經閃進一間私人包廂，我低著頭打算跟進去，卻被臭臉的侍者擋下來。

「對不起，包廂被訂了，閒人不得進入。」

「我不是閒人，我認識剛剛進去的女士，我只想打個招呼。」

這種理由連我自己都無法說服，何況是狗眼看人低的侍者。

「先生，如果你不用餐，我得請你離開。」

道上混過的人都瞭輸人不輸陣的至理名言，這種時候絕對不可以退，退就永遠抬不起頭來。我逕自找了個桌子坐下，硬著頭皮點了要付錢的礦泉水，以及一套最便宜的牛排餐，剛到手的績效獎金終究派上了用場，侍者冷笑收走菜單。

牛排馬馬虎虎，勉強比平時夜市吃的鐵板嫩一些，但絕不值十倍的價錢。我才吃到一半，麗姐的包廂內突然傳出男女爭吵聲，隨即一個男人氣沖沖走出來，尚未看清楚他的長相，我已感覺到他是誰，那個將我從麗姐身旁趕走的登徒子王賓。他全身上下充斥不可一世的跩勁，就像他永遠洗不掉的體臭味，即使過了這麼久，我一聞就聞出來。

他正專心扮演生氣的影視大亨角色，三個跟班圍在他前後，完全沒注意我的存在，消失前王賓還不忘推倒好幾張餐椅，讓所有人注意到他的離場。我趁勢利侍者在收拾殘局時，悄悄溜進包廂內。

麗姐獨自坐在大圓桌後抽菸，盯著滿桌沒人動過的食物，神情落寞而萎靡。王賓坐過的位子桌面凌亂，一只紅酒杯倒在桌上，桌巾被染紅了一大片，桌上和地毯上還散落了幾張大鈔，顯然是他留下來的。見麗姐如此憔悴，我的心像被刀割開一般。

她拿起自己的酒杯啜了一口，開始喃喃自語。

「你對我無情，就別怪我對你無義。」

「麗姐？」

她聞聲臉色驟變，低頭拭去眼眶中的淚水，才緩緩抬頭。

「麗姐，是我，小紀。」

「小紀？」

一雙大眼睛突然睜得更大。

「天啊，小紀！」

她激動起身，張開雙臂擁抱我，抱得又緊又久，我有種自己是救生圈或最後一根稻草的錯覺，等我開始感到尷尬時她才放手，拉我坐到她身旁。

「小紀，真的是你，我們多久沒見了，有六年了嗎？」

「快十年了……麗姐，妳完全都沒變，跟我記得的一樣美。」

雖然太多人如此讚美過她，麗姐還是聽得很受用，她轉悲為笑，眼角和嘴角出現一些細紋，更添她的成熟魅力。

「你不知道我有多高興看到你，小紀，讓我好好看看你。」

她用泛著血絲的雙眼，毫無忌諱地打量著我的臉龐，看得我很不自在，只得趕快找話講。

「麗姐，好久沒在媒體上看到妳。」

「你沒聽說嗎，我從幕前退休好幾年了，老王和我的經紀公司現在做起來了，捧紅好多新模特兒。」

「那真是太好了，再也不必拋頭露面賺辛苦錢。」

麗姐露出苦笑，握我的手抓得更緊。

「可不是嗎，算是我有眼光吧，當年他還只是小模經紀人，居然能娶到蔣文麗，幾乎所有人都看走眼，只能趴在地上找眼鏡碎片……」

她說的一半是場面話，另一半自嘲，剛才包廂裡發生的爭執我聽得一清二楚。我不禁回憶起他們新婚夜當晚，那時我還不是王賓眼中釘，兩人都喝得半醉，在轎車後座扭成一團，猴急地又抱又吻。王賓從後照鏡見我偷笑，不忘暫停動作，塞個紅包給我，要我專心開車。我用力地點頭，確實按照他的話做，安全地把一對幸福新人載回愛巢，將麗姐送進了虎口。

「麗姐，一切都還好嗎？」

我忍不住再問候她，這回她聽出我話裡有話，終於無法再掩飾，低頭開始啜泣，很快又控制住情緒。

「我和老王分居大半年了……唉，他改不了好色的老習慣，把人帶回家裡睡，我氣不過只好搬出去，結果他就拿這點當藉口，說是我自願搬走的。今天我們好不容易約吃頓飯，他居然開口要求我接受那女人，保證會同時照顧我們，你聽聽這像是人說的話嗎？都什麼時代了，他居然想做三妻四妾的美夢。」

「如果妳不答應呢？」

「他就要停我的信用卡，我怎麼可能接受這種威脅，所以我回他，一個婚姻裡只能有兩個人，他卻笑我太天真，說三個人的婚姻一點都不擠。」

我聽得頭昏腦脹，說不出一句安慰的話，只能任由她發洩。

「他這個人只吃軟不吃硬，所以我開始求他，說他公開交女朋友已經讓我顏面丟盡了，難道還要把我最後一點自尊也踩在腳底下……」

「他怎麼說？」

「他居然回說我已經老了，我還能怎麼樣，拍個露點寫真集再賺個一兩百萬，就算有人肯出這錢，一兩百萬又夠我撐多久，而且我能保證還有人肯買我的寫真嗎？」

「他實在太過分了，妳打算怎麼辦？」

「除了離婚還能怎辦，我至少拿走一半財產，結果他開始大發脾氣，對著我講狠話，說我跟了他這麼多年，難道還不認識他，難道不知道他會想盡辦法阻止我。」

講到這裡，麗姐反而顯得釋懷了，美麗的瓜子臉又恢復柔美線條，我別的忙沒幫上，至少做了個忠實聽眾。

「不要光講我的事了，你怎麼樣呢？」

「我？我長了不少肉。」

「男人過了三十哪有不發胖的，我問的是你在做什麼工作？結婚了吧？」

「我不但結婚了，還生了個兒子。」

麗姐眼中流露出真誠的喜悅，聽到我有了孩子，甚至有一絲羨慕之意，但也可能只是我想多了。

「還有，我在做保險，績效是全公司第一名！」

「保險？我記得你那副落魄浪子的模樣，留著長頭髮，菸不離手，怎麼叫你戒都不聽，表面上敷衍我，背著我照抽不誤。」

「原來妳都知道。」

「怎麼不知道，你們男人都一樣，人前一個樣子，背地裡又是另一張嘴臉。」

「麗姐，我不一樣，我絕不會這樣對妳。」

她見我轉認真，自知話講得太快，用嫣然一笑代替道歉。

「你當然和王賓不一樣……看看你，浪子轉性，乖乖當上班族了，你是怎麼轉型成功的？」

見她已經可以開玩笑了，我也鬆一口氣，話匣子跟著打開。

「華人首富李嘉誠說過，勤奮是一切事業的基礎，他從來不間斷讀新科技新知識的書，才不會因為不瞭解而和時代潮流脫節……他還說過，人在逆境的時候，要問自己是否有足夠條件。我認為我夠，因為我勤奮，節儉，有毅力，肯求知……」

背誦著李嘉誠的名言，我感動得手臂泛起雞皮疙瘩，麗姐見我口沫橫飛，露出似笑非笑的奇怪表情，大概是被我的熱情感動了吧。

「小紀，你真的不一樣了，居然會讀李嘉誠的書。」

「其實我沒讀他的書……妳知道我只有高中文憑，什麼屁都不懂，想在短時間內增長知識，只讀一兩本書根本不夠。」

「可是你能背出他講過的話。」

「這是我自己發現的祕訣，你只要上網去查，就能找到各種名人講過的金句或嘉言錄，還有人把這些話做成PPT，讓你在短短半個小時之內，就能學到人家花了一輩子累積下來的智慧，不但節省時間，連買書的錢都省下了。」

「我從沒想過，做保險要懂這麼多東西。」

「有必要的……工作上我會遇見各式各樣的人，以前在街上學的那套不管用，必須要從頭學起，不斷充實自己。」

麗姐的笑容僵在臉上，顯得若有所思，片刻後才回神。

「小紀，我真替你高興。」

「其實我要感謝麗姐。」

「感謝我？」

「是妳當初拉我一把，給我機會，讓我重新做人。」

我們又聊了好一陣子才離開包廂，麗姐大方地讓我挽住她的手，一路來到大街上，即使戴著墨鏡，不少路上行人認出她是誰，好奇地對她及她身邊的我品頭論足，我突然感覺自己不再是個小人物。兩人佇足街頭，吹著夜風，麗姐才轉頭看著我，我以為會是道別的話。

「我都忘了問，身上有老婆小孩照片嗎？」

我趕緊點頭，取出舊皮夾，翻到全家福照遞給她，麗姐充滿興趣地看著。

「我和老王什麼都不缺，就是沒小孩。」

她將照片還給我時，無意間露出手腕上的數道割痕，我認出那些是用刀片割出來的，已經結成疤。如果麗姐注意到我發現了她的祕密，她掩飾得天衣無縫。

「你兒子真可愛。」

「麗姐，讓我再送妳一程吧。」

「重溫往日的時光？」

我用力點頭，看得出她也喜歡這建議，再度挽住我的手臂。

既然是重溫往日時光，我趕緊將破車內胡亂整理了一番，堅持讓她坐後座，然後踏著輕快的步伐，回到駕駛座啟動引擎，輕輕踩著油門，換檔，讓車子緩慢向前移動，再逐漸加速，一切按照記憶中的程序進行。

麗姐看著窗外街景，很快又陷入沉思，夜裡的霓虹燈照亮她的臉，嬌紅與慘綠相互交織。她突然開口說話。

「小紀，也許我應該幫老王保個人壽險，如果哪天他想傷害我，我們連手讓他消失，然後平分保險金。」

她的語調平穩，不帶任何情緒，我卻聽得膽顫心驚。我很想告訴她，這不是隨便開玩笑的話題，電影裡演的「消失」和真實世界的消失是不同的。

「詐領保險金很容易被識破……而且我不是賣保單的保險員，我只負責……」

後座傳來淡淡的笑聲。

「只是說著玩的，我哪有這個膽子。」

車上重新陷入靜默，只是這回我的呼吸聲變得較為沉重，麗姐到底在打什麼主意，她想必心裡有數，除非王賓同意和諧離婚分她財產，兩個名人打離婚官司只可能演成媒體鬧劇，她還能有其它什麼選擇？就算只是說笑話，但我心知肚明，太多罪行都是從一個念頭開始的。

等她指示我停車時，我暗吃一驚，因為我們來到一家整型專科診所前。我們先後下車，站在車旁她再給我來個擁抱。

「快樂的時光總是過得特別快。」

我胸中有話不吐不快，最後還是脫口而出。

「麗姐，在我心中妳永遠是完美的，妳不必來這種地方。」

「可惜這世上只有一個你，別人可不這麼想，別可憐我了，幹我們這行遲早都得來報到。」

「可是妳真的不需要。」

「嘴別再這麼甜，再說我就不讓你走了。」

「只要妳願意，我隨時回來替妳開車。」

麗姐嬌媚地笑了，拍拍我的舊西裝外套，再假裝打量我。

「那肯定會很棒，不過呢，我對司機的標準比以前更高了，你得先打點一下自己。」

她從皮包中取出一張名片交給我，在我左臉頰上輕輕一吻，再幫我拭去口紅印。

「後會有期了，小紀。」

「麗姐，再見。」

「嗯，再給我電話。」

就這樣，我生命中的女神又消失在另一扇門後，診所醫療人員忙進忙出，與我擦肩而過，一名醫師模樣的男子甚至把我手臂撞疼了，我卻站在原地動彈不得，擔心一旦移動了身體，就會從這場美夢中醒過來。

快轉半個多月後，在另一個毫不起眼的周二上午十點四十五分，天空無雲無雨，氣溫不冷不熱，我再度聽到麗姐的名字；網媒突然開始大肆報導，退休名模蔣文麗深夜裡因車禍身亡，享年才四十四歲，警方初步研判為自殺。

在所有認識或不認識她的人當中，可能只有我拒絕接受這新聞。我無法理解，才剛去整型過的女神，心中盤算的應是如何東山再起，怎麼會輕易了結自己的生命？

2

拿著最後一次與麗姐分手時她給的名片，我來到這家造型設計髮廊，她好心介紹自己的造型師給我，結果卻成了我調查她死因的起點。

髮廊是典型的沙龍裝潢，唯一特殊之處是一面牆上掛滿眾女模特兒和明星的照片，其中最顯眼的正是麗姐獨照，隔壁還有一張她和王賓的結婚照。我對照片印象特別深刻，一時不禁看傻了，當時我就站在攝影棚的角落，望著兩人擺出各種幸福的姿勢。我甚至記得當時棚內放的歌曲，是梅豔芳的〈女人花〉，那張CD我還一直留著：

女人花 搖曳在紅塵中
女人花 隨風輕輕擺動
只盼望有一雙溫柔手
能撫慰 我內心的寂寞

中性打扮的造型師正在和女顧客談笑風生，見我一副不修邊幅的邋遢樣，趕緊迎上來將我擋在門口，免得嚇壞他的客人。趁他研究我遞上的名片時，我打量著他很有型的短髮，以及清秀得像女人的五官。

「你說你是麗姐的司機，我怎麼從沒見過你。」

我心想我也從未見過你，但決定不要一開口就得罪人。

「九年前就辭職了。」

造型師仍是滿臉狐疑，我並不怪他，任何人都可能從別人那裡拿到他的名片。

「證明給我看，你真的認識她。」

「麗姐有點貧血，喜歡吃六分熟的牛排，五分七分都不行，只吃六分。」

「這不能證明什麼，只要是狗仔肯定都知道這種事吧。」

「她只擦香奈兒五號的香水。」

造型師發出冷笑，比先前更加不屑，他肯定懷疑我也是狗仔，想來他這裡挖八卦消息。

「這也算不上最高機密吧，講點一般人不可能知道的事。」

「她屁股上方有個淡淡的胎記。」

「你怎麼知道這種事？」

「她換衣服被我撞見過。」

造型師的表情開始起變化，但仍未完全信服。

「我還知道……麗姐皮膚常過敏，她試過所有代言的牌子，最後只有法國便宜牌子Avene適合她。」

「你居然講得出Avene，這事應該只有我知道。」

「相信我了嗎？」

造型師開始認真地打量我，再瞄了名片一眼，才露出笑容。

「我可以理解，為什麼麗姐把你送來了。」

他送走女顧客後，秀氣但堅決地吩咐我坐上高沙發椅，然後喚個助理來為我洗頭，等我沖完泡沫重新坐回高沙發椅，他的剪刀和梳子已在手中，也不問我想剪什麼造型，逕自開始動手。

「你想問什麼？」

「我想知道關於她婚姻的事，還有你真覺得她會自殺嗎？」

「很簡單，王賓是標準肉食男，在外頭胡搞的小道消息沒停過，麗姐原本也就忍著，只要只是八卦，沒變成醜聞，睜隻眼閉隻眼，畢竟還有幾分夫妻情在，而且兩人一起做事業。可是王賓得寸進尺，公開和新小三曬恩愛，連最後一點顏面也不留給麗姐。」

我不禁回想起，麗姐對我講過幾乎完全一樣的話，以及她手腕上留下的刀疤。

「但她一直沒離婚？」

「當然考慮過，可是苦無證據啊。王賓那個人精得很，雖然兩個人常被拍到，他總有藉口說是為了公事，他既然身為經紀人，和他的藝人出雙入對是再正常不過的事，媒體追問時，兩人也矢口否認有任何姦情。」

「王賓的外遇對象也是名人？」

「你也幫幫忙，難道是剛從監獄放出來嗎？」

他誇張地揮動玉指，隨手找了一本時尚雜誌扔給我，指著封面女郎。

「你不會沒聽過超模施冬吧？王賓手上的金雞母。」

我當然聽過施冬這名字，但還是頭一回仔細打量她的長相，果然五官輪廓分明，長得很有個性。

「別一次看太久，小心得內傷啊。」

「她看起來有點悲傷。」

「那啊，都是配合造型裝出來的。」

造型師一把將時尚雜誌從我眼前奪走，自己卻捨不得放下，目不轉睛瞪著施冬的臉。

「唉，連我都快愛上她了，何況你們這些直男……王賓花心是出了名的，這些話我不忍心和麗姐說，不管是長期合作或萍水相逢的女人，他見一個沾一個，沾完也就沒下文了，直到遇上這位兩年前才被麗姐簽下來的施冬……」

「她是麗姐捧出來的？」

「所以說嘛，親手栽培的後輩搶了自己老公，這情何以堪啊？王賓這回是鐵了心玩真的，硬逼著麗姐要接受施冬，而且不准她離婚。」

「這我就不懂了，為什麼他也不想離？」

「很好，問到重點了。你信不信，王賓對麗姐還是有感情的？對他而言沒有二選一的問題，兩個女人都要，他還來找我幫忙勸麗姐，可是你知道她的個性……」

「我知道，她寧可死也不會接受。」

趕回辦公室後，女同事們紛紛稱讚我新剪的髮型好看，我只能以假笑應付，無法釋懷造型師講的話，他似乎解釋了麗姐自殺的動機，卻讓我更加感傷。曾經如此尊貴受人寵愛的麗姐，怎麼甘於在婚姻中受盡委屈，最後敗下陣來。

我帶著滿腹怒氣參加下午會議，承辦保險員淑君從未見我如此殺氣騰騰，不禁多看我兩眼。她正和一對男女面對面坐在會議室中，男子的脖子圍著防護套，旁邊則坐著他妻子。我用力拉開椅子，在他正對面坐下，瞪著他那用膠膜包裹的脖子防護套，發出不屑冷笑，我甚至可猜到哪位律師指點他去哪一家醫療器材行買的。

我翻開卷宗，擺定錄音筆，省略任何客套話。

「莊先生，你通過黃燈時車速過快，才會與右方來車直接撞上，導致對方駕駛當場死亡。」

對方被我劈頭數落一陣，頓時滿臉漲紅，我估計脖子的防護套包太緊，阻礙了他的血液循環。

「這干你們什麼事？我保的意外傷害，不管車禍誰對誰錯，你們公司都得賠我錢。」

「交警只想趕快結案，沒花時間找目擊者，但我找到了。」

「什麼目擊者？」

夫妻兩人同時變臉，淑君則是一副又有好戲可看的得意表情，幫我將遞過去的文件擺在客人面前。

「這是現場兩名目擊證人的證詞影本，都經過公證，具有絕對的法律效力。證詞可以充分證明，莊先生當時不但未減速，甚至是加速通過路口……我也查出，死者家屬的經濟狀況拮据，才沒請律師向莊先生求償。」

「你到底想說什麼，你們拒賠？」

「本公司講究信譽，當然不會這麼做。我們願意支付保險理賠金額的十分之一，就此結案。」

「十分之一？」

我將預先已填寫好的理賠和解書交給淑君，她再忍住笑放在莊先生面前。

「如果莊先生拒簽和解書，我們將被迫協助死者家屬提出告訴。」

「你們是我的保險公司，怎麼可以反過來幫對方告我？」

因為你自己跪著用雙手送上如此大禮，我不收白不收。但我懶得回答他。

「莊先生雖然免除了刑事責任，民事上卻很難卸責，等對方告贏了，你要付出的代價就不只這一點保險理賠金。」

「別以為只有你會找律師，小心我去告你們。」

「莊先生，請坐下。」

「操你媽的，你以為你是誰，居然敢叫老子……」

我正納悶莊太太何時才會出聲，她果然再也按捺不住，硬拉住她先生，不讓他衝向我和淑君，兩人氣急敗壞講了好一陣子悄悄話，莊先生才像鬥敗的公雞，癱坐回椅子。一切如我所料。

「莊先生，如果沒別的問題，請在貼了箭頭貼紙的地方簽字，一式兩份。」

好不容易撐到下班，我整個人已呈虛脫狀態。在辦公室裡教訓惡保戶，像是打群架，更像是嗑藥時的high，腎上腺素大量分泌，一切活在當下。可是等躲回家時藥效已退，我疲倦得只剩半條命，什麼事都不想幹，面對妻小半句人話講不出。如今迎接我的，不再是前妻的責備或兒子的失望，我感到解脫，以及更多的罪惡感。

能搬的傢俱幾乎全給小娟搬走了，小公寓顯得格外空虛，我假裝大方盡量順她的意，反正在家我只是行屍走肉，一台電視一副沙發茶几加一張床已夠我過活。我慶幸她將舊筆記型電腦留下，或許她覺得幹保險申調需要上網查資料。我確實需要上網查資料，倒不是為了工作，而是找金句充實自己，或者逛逛色情網站。

搜尋名人智慧已變成另一個藥癮，而且癮頭越來越大，我幾乎夜夜上網找，找到喜歡的就大聲朗讀，再複製儲存，方便以後拿出來複習。這習慣讓我撐過從進門到上床最難熬的幾個小時，想像自己有朝一日也成為大人物，也能講出幾句流芳百世的名言。

今晚我卻得克制住這個癮，因為我越想越覺得，麗姐死前與我重逢絕非只是偶然，這世上我是她唯一可依靠的人，我欠她一個交代。網路上關於她死訊的消息千篇一律，而且缺乏細節。她深夜獨自駕車上山，車子經過急彎時打滑，先撞上山路的護欄，再翻到山崖底下，所幸車子沒有起火，但救護車抵達時她已斷氣。

更多的貼文是關於她的生前八卦，包括王賓和施冬，我飢渴地研讀每一個字，有些為麗姐打抱不平，多數則是幸災樂禍，沒有任何人提及王賓在車禍中扮演了什麼角色，或他事後如何反應。我拿起手機，撥了很久沒碰的號碼。

夜涼如水，月隱星沉，下過雨的深夜街頭既熟悉又陌生。暗巷四周被警車和救護車交錯閃爍的警燈照亮，巷內堆滿各種被丟棄的雜物垃圾，微濕的水泥地上用白粉筆標出人形臥倒的輪廓，鑑識人員面無表情地在拍照採證。

老趙正用戴著塑膠白手套的手抽著菸，他表情嚴肅，看著兩名工作人員抬著一具屍體經過眼前，步向等候的救護車。屍體已蓋上白布，白布下露出赤裸的小腿和腳，看得出是個女的。

我被警察擋在黃色警戒帶外，只能遠遠叫老趙的名字，他朝我瞄了一眼，熄掉菸蒂，低頭穿過黃帶朝我走來。

老趙兩年多前退休，自己接案子做，他臉上佈滿皺紋，兩鬢灰白，看起來比實際五十歲的年紀又老了一圈。

「幹嘛急著見我，又惹上麻煩了？」

我還來不及回答，老趙的注意力轉向正要駛離現場的救護車。

「唉，未成年逃家妹，強暴加上勒斃。」

「哪個先哪個後？」

他瞪了我一眼，忍住沒發作。

「順序不確定，也不重要……被棄屍在這種鬼地方，身上沒錢沒證件，針孔倒是不少。」

我腦中閃過一個人影，那個在人群中消失的逃家男孩，不知他現在人在何處，會不會也倒臥在哪條暗巷中，年輕的生命還沒開始就已結束。

「這女孩干你何事？」

「她老爸花錢雇我尋人。」

「以前我也認識幾個逃家女，不知道後來怎麼了。」

「還能怎麼了……我提早退休就是看夠了這些人命不值錢的場面，想不到還是逃不掉。」

我看出他的心寒，在街頭打滾近三十年，任誰都會打從心底厭惡這一切。

「到底找我幹嘛？」

「有事才能來看你？」

「少跟我廢話，來看我怎麼沒捧束花來？」

「花店關門了嘛。」

這話讓老趙勉強擠出一絲笑容。

「請你用點老關係，我想看一個死亡車禍的詳細驗屍報告。」

「不會就是那個蔣文麗吧？難怪我總覺得這名字耳熟，你以前認識她不是嗎？」

「幫她開過車。」

「怎麼著，保險殺手連舊老闆的保單也想賴？」

「什麼保險殺手？」

「不要以為沒見面我就不注意你了，外面已經在傳，你的新綽號就叫保險殺手，知不知道，只要到你手上的案子總會生出漏洞，叫人領不到錢，欲哭無淚。」

一時之間我還真欲哭無淚，這種雞毛蒜皮小事也會在道上傳。

「我老闆可沒在抱怨，放手讓我幹。」

「你整天在外頭鬼混，時間久了難怪小娟受不了。」

這句話刺到我的痛處，我連假裝不在乎的準備時間都沒有，老趙看在眼裡，知道講錯話了。

「好啦，提得起放得下……」

「我知道你要說什麼，只要小孩跟我的姓，永遠就是我兒子。」

「就算他以後改了姓，仍然是你兒子！言歸正傳，你要蔣文麗的驗屍報告幹嘛？」

「我有我的理由。」

「廢話，沒充分理由，這醜惡的世界誰撐得下去？」

「我有個直覺，她死得不單純。」

老趙顯得有些意外，但他比誰都清楚我的過去，以及我的街頭直覺和能耐。

「忙我可以幫，但你得先搞定一件事。」

「什麼事？」

「我有個老線民，剛出了個小車禍，想賺點保險金。」

接下去的話就不必說了。幫人者人恆幫之，白吃的午餐永遠是最昂貴的，你吃它並非它免費，而是因為你別無選擇。

這是另一個街頭的生存法則。

我請了一天病假，換上結婚時穿的那套西裝，不請自到出現在麗姐告別式，送她最後一程。場面盛大而隆重，各式文辭並茂的輓聯從天花板垂下，現場放滿高高低低花籃花圈，祭壇也被堆成素色花海，中央放著麗姐的遺照，照片中她約三十四五歲，正是我為她開車的年紀。

那些年近距離觀察麗姐與她的同類，我有個深刻體會，習慣鏡頭前生活的人和你我有個最大差別，他們不但不怯場或害羞，他們對鏡頭會上癮，變得渴望上鏡頭，主動追求鏡頭，即使沒有鏡頭對準他們時，舉手投足仍會不自覺地像在鏡頭前一般。

王賓從默默無聞的小模經紀人，躍升影視大亨已近十年，也習慣了讓攝影機追逐他，如今這麼盛大哀淒的場面，自然更要好好利用，通告想必滴水不漏發給了所有該發的媒體。王賓穿著體面高貴，宛如參加主題派對一般，面對距離他的臉不到一公尺遠的閃光燈，演得真誠而悲慟，陸續接受各方的致意安慰。

我在觀禮席後排找位子坐，有人向我招手，正是麗姐的造型師，他手中握著手帕，眼眶泛紅，顯然已哭過一輪，我趕緊過去坐他旁邊。我們勉強擠出笑容致意，然後冷冷地看王賓表演。這告別秀無疑是他的場子，麗姐只是看板上的主角，我和造型師交換不屑的表情。

一切行禮如儀，短暫的家祭後公祭正式開始，由麗姐甥姪輩代表家屬致謝，王賓則不動如山穩坐第一排，望著一組又一組機關團體代表向靈位行禮上香。輪到王賓和麗姐的模特兒經紀公司公祭時，現場突然一片譁然，我和造型師同時轉頭，發現施冬也在上香行列中。她戴著大墨鏡，遮住半張小臉，沒被遮住的部分則素顏，顯得特別白皙，甚至半透明。她在我見過的王賓跟班引導下，來到麗姐靈位前，依禮拈香致哀，並深深行了三個大禮。

塞滿前場的攝影記者和狗仔鎂光燈四起，這是主秀，他們來湊熱鬧的真正目的，王賓沒讓大夥失望，果然話題性十足，小三親自送正宮上路。

「要不要臉啊，人都給她逼死了，居然還敢來露臉，瞧她那副做作的模樣，虧她還是文麗帶出來的……」

「我真替文麗不值啊。」

觀禮席中傳出此起彼落的批評聲，聲調之高顯然不忌諱他人聽見。

「這狐狸精的假惺惺出了名的，妳看她皮笑肉不笑的德性，根本把告別式當伸展台在走。」

「可不是嗎？這麼好的曝光機會怎麼能錯過？馬上會在網路傳翻天，博取同情票……」

「她想得美。」

周圍的閒話讓造型師頗激動，主動抓住我的手臂，但我不確定他是贊同還是反對。

「現在我終於懂什麼叫紅顏薄命了。」

他莫名其妙講了一句，但我無心思考，因為施冬已結束致意，低著頭緩步走出靈堂，從頭到尾沒和王賓有任何互動。她由跟班領著，坐進門外守侯的轎車，靜靜地離去。

我感到一股強烈的失落感，下意識回頭看了造型師一眼。

「你終於看夠了？」

從他眼神中我看出自己失態了，我居然被施冬深深吸引住，只能倉促為自己找個藉口。

「我看她不像是裝出來的。」

我邊說邊瞪旁邊碎嘴的觀禮者，但實際講給造型師聽，他只是淡然冷笑。

「你不懂，幹這行的很神經質，整天都得裝模作樣，裝久了連自己也搞不清楚，何時是真何時是假。」

主秀結束後，目光重新回到王賓身上，他身邊開始圍繞著女性致哀者，環肥燕瘦好不熱鬧，而且致完哀就賴著不走了，好和他一起分享媒體鏡頭。其中有個女的似曾相識，約三十出頭，特別積極大膽，完全無視場合得打扮火辣，但我就是叫不出名字。

「司機先生，你看不看動物頻道？」

「動物頻道？不常看……」

「動物頻道常常介紹非洲的獅群，通常是一頭公獅帶領著五六頭母獅，母獅要出去狩獵，要照顧小獅子，公獅的命特別好，只負責做愛和守衛，不讓其它公獅搶走牠的母獅和地盤。」

「你想說什麼？」

「忘了我上次說的？王賓就是那頭公獅嘛，獅群的母獅全歸他的，現在領頭母獅死了，很快就有年輕的母獅取而代之。」

我聽懂了，施冬就是新的領頭母獅，但王賓獅群中的其它母獅有誰呢？我忍不住又轉向那個略微面熟的女模，王賓正主動和她擁抱道別，她也毫不扭捏地接受。

隔天上班時，我刻意翻了翻待辦案件，果然找出老趙線民的意外傷害賠償申請。這案子根本是坨屎，任何人只睜半隻眼瞧，也能瞧出是自己設局的假車禍，但我心一橫，硬著頭皮蓋了批准章。為了不讓公司看出破綻，我索性又批准了其它兩個案子。

老趙也很乾脆，再隔一天就約我晚上喝酒，地點是過去常去的露天麵攤子，老闆夫妻一眼就認出老趙，不顧他解釋，仍堅持喊他趙刑警。

老趙從公事包隨便抽出一張照片來，是只鑲紅寶石耳環的特寫。

「撞毀的車上找到的。」

「你不會就搞來一張照片吧。」

「只是暖身，證明我有認真在辦事。」

「死者的耳環有啥屁用？」

「誰說這一定是死者的耳環？」

我還來不及反應，他得意地拿出更多影本資料，包括我最想看到的車禍現場檔案照，我深深吸一口氣，其中一張顯示死者面容被撞得血肉模糊，很難以肉眼辨認。

「怎麼確定是蔣文麗？」

「車子登記在她名下。」

「這不能證明什麼。」

麵攤老闆娘送來小菜，老趙想為我倒啤酒，我及時蓋住杯口。

「戒了。」

「什麼時候的事？」

「小娟搬走之後。」

他也不勉強，將自己的杯子倒滿，一乾而盡。

「王賓去認的屍？」

「除了他還會是誰……不過我聽說，他一開始不敢確定。」

「近距離也認不出來嗎？」

「法醫說她剛整過型，臉上留有新疤痕，難怪老公有些遲疑，可是警察還查不出她在哪動的手術。」

我克制激動的情緒，最後一次與她道別時的情景又回到眼前。或許我是唯一知道動手術地點的人，如果麗姐不想讓人知道，我自然不會在她身後背叛她。

「還是靠屁股上方的胎記才確認的。」

老趙拿起一張屍體背面的特寫照來研究。

更多回憶湧上心頭，時間退到十年前，我捧著一大把粉絲送的鮮花，敲麗姐休息室的門，她從門內喊我直接進去，結果給我撞見她半裸的模樣。她蹬著高跟鞋站在鏡子前，剛套上連身晚禮服，背後一路開到腰部的拉鏈尚未拉上，露出側面酥胸，以及一大片白皙的美背，腰與臀連接處有個淡藍紫色塊。我一時看呆了。

「別只顧著看，來幫我拉拉鏈。」

麗姐看著鏡子朝我嫣然一笑，她的大方反讓我臉紅，我趕緊放下花束，替她將拉鏈拉到定位。

「小紀？」

我回神過來，老趙正似笑非笑地看著我。

「叫了你好幾聲，神遊去哪了？」
「你不覺得事情可疑嗎，剛領回屍體當天就火化掉？」
「這是人家的自由。」
「先是公然養小三，然後老婆不明不白死了，你之前說，現場發現的耳環不一定是死者的，是怎麼回事？」
「也沒什麼，就是一些相互矛盾的證詞，有目擊者說看到她一人開車，有人說是兩個人，而且是兩個女人。」
不用他多解釋，我也明白多數目擊證詞是不可靠的，但我的雙眼發亮，我要的就是新理由繼續追下去。
「老弟，別再鑽牛角尖了，沒事幹找點別的消遣。」
「我沒有別的消遣。」
「你現在恢復單身了，該注意的沒忽略吧？」
見老趙彆扭地關心起我的性福，我不禁苦笑。
「我現在的性生活，就像是擁有一輛瑪莎拉蒂跑車。」
「你沒有瑪莎拉蒂啊……」
「這正是我的意思。」
分手後我仍不斷思考著，萬一麗姐車上真的不只她一個人，那意味著什麼？像個快溺水的人，我迫切想抓住一片浮木不讓自己沉下去。我不願意放棄任何線索，證明麗姐並非自我了結生命。

兩天後，答案居然自行找上門。

午休時幾個女同事擠在茶水間聊天，七嘴八舌之間施冬的名字被提起，我忍不住豎耳偷聽，才知道網路正在瘋傳王賓再婚的信息。我趕緊回座位上網搜尋，果然傳言屬實，王賓剛宣布與施冬訂婚。但更大的驚訝還在後頭，在一張新聞附帶的兩人合照中，施冬戴的紅寶石耳環，正是麗姐車禍現場找到的同款耳環。

一時之間我的思路變得無比清晰，我終於相信自己的直覺，不但王賓要為麗姐的死負責，這個施冬也脫離不了干係。

老闆打賞的獎金還是全花在新行頭上，只是這回我心甘情願。看著鏡子裡脫胎換骨的自己，連為我搭配衣服鞋子的女店員也顯得不可置信，她的表情讓我更加胸有成竹，數了大疊鈔票用力擺在結帳台上，瀟灑地走出名牌專櫃。

我並非為了應付老闆或客戶，而是要創造新的身分，才可能進入那個光怪陸離的虛幻世界，那世界只相信物質金錢和外表，膚淺是唯一的共同語言，十年前我曾冷眼走過一遭，這回我要自己跳下去玩。

玩家除了行頭，還需要名車，我於是回到久違的地下世界，慶幸還找到以前帶過的小弟阿偉，仍不長進地幹個贓車場管理員。阿偉大方地帶我參觀各式尚未出貨的高級進口車，我特別中意其中一輛保時捷，忍不住坐進駕駛座，握著賽車式方向盤，想像它的速度和扭力。

「小紀哥，這輛喜歡嗎？下個周末前開回來就行了。」

「真的不會讓你惹上麻煩？」

「沒事的，這裡我說了算。」

「算我欠你一次。」

「別講這種見外話，在感化院時要不是有小紀哥罩我，我這條命早就沒了。」

我不再和他客套，套上久沒用的皮手套，將保時捷駛離隱密的車場，加足馬力奔馳在大街上，我看著後照鏡中的自己，衷心希望兒子能見到這個充滿自信的老爸。美國總統林肯說過，預測未來最好的方式就是去創造它，我已經做足準備，要去創造全新的未來。

3

除非刻意想讓人知道，名人的生活是很隱密的，要接近王賓和施冬這種人的唯一機會，是參加他們的公開行程。周六晚上，我穿起新買的西裝皮鞋，在麗姐造型師剪出的短髮上再抹些髮油，駕著保時捷出現在一場精品派對外，下車後帥氣地將車鑰匙交給泊車小弟，聚集的狗仔們沒人認得我，但為保險起見，鎂光燈還是朝著我的臉閃了一陣，我強作鎮定，沿著紅地毯來到入口，一個盛裝打扮的女子擋在我面前。

「怎麼沒見過你。」

「我在國外賺了些錢，剛搬回來。」

她迅速上下打量我，猜想我的企圖和她的一樣。

「這麼巧，我也是在國外賺夠了剛回國，那我們應該要相互照應了。」

我聽出弦外之音，主動挽起她的手，兩人連袂走向入口處，守門見我們倆外表出眾，舉止又落落大方理直氣壯，正猶豫是否問我們要邀請函，她已經機警地開始和其它賓客攀談，成功帶著我混進派對，然後轉頭對我詭笑。

「祝你狩獵成功。」

「也祝妳成功。」

她顯然識途老馬，很快融入派對人群中，此時現場換上節奏強烈的舞曲音樂，舞台上主持人的口沫橫飛暫告一段落，緊接著五名濃裝豔抹的女模登場，走在最後壓軸的正是施冬，她打扮成埃及女神造型，配合音樂搔首弄姿，為該精品系列走秀。舞台下，名媛們用妒嫉的眼神死盯著施冬的每個動作，男士們則看直了眼睛，我意識到自己就像他們，也是一副如痴如醉模樣。

我趕緊回神，從侍者托盤上取來香檳，混在人群中點頭假笑，但避免與任何人交談，即使如此我仍引起注意，有人對著我竊語暗笑，我先是不在意，反覆發生幾次後我才低頭檢查，發現自己喝香檳時漏了幾滴，酒滴弄髒了襯衫領口而不自覺。

我瞪了他們幾眼，轉頭重新尋找施冬，這時她已結束走秀，被助理秀導指引到一群攝影師面前，輪流與派對出錢的主人及貴賓們合照。她堆起柔美可掬的笑容，熟練地調整脖子角度，讓每個攝影機都能掌握到她最理想的角度。我趁著眾人目光聚集在施冬身上，逐步朝她的方向逼近，卻還是被工作人員擋下來，但距離已近得足夠仔細觀察她，我發覺她果真長得很美，天生注定吃這行飯。

此時合照告一段落，眾人同時朝各方向散開，我見施冬突然落單，看準空檔趨前，貼到她身邊。

「嗨，施冬，好久不見。」

她早已習慣媒體大哥用這招引她注意，只是禮貌性地朝我微笑，然後熟練地轉頭準備避開。

「怎麼沒見到賓哥？」

施冬臉色微變，重新轉向我，打量片刻後才用略低沉的嗓音講話。

「我們見過嗎？」

「當然，賓哥和我是老交情了。」

「對不起，我記性不好，想不起來我們在哪見過。」

「沒問題，大家都叫我小紀，賓哥人呢，我還沒恭喜你們訂婚。」

本以為這招能博得美人一笑，至少減少她一點防備，想不到施冬笑容盡失，用擦了深紅指甲油的手指按自己太陽穴。

「他今晚有事。」

「他也真是的，怎麼可以不來捧未婚妻的場？」

「他說他安排了去練揮……」

她的話還沒講完，我已想起王賓有個老嗜好，就是去棒球打擊場練揮棒。

「練揮棒是不是，老習慣還是改不掉。」

從施冬的眼神中可看出，她開始相信我確實認識王賓。

「你們認識很久了？」

我還來不及表明和王賓之間的陳年舊帳，他的跟班之一兼施冬保鑣已欺上來，擋在我和她之間，擺明視我為空氣。

「車子準備好了，我們走吧。」

「王賓在等我？」

「老闆還在忙，要我們先送妳回家休息。」

我看不見施冬的表情，但她的聲調明顯開始不爽。

「我還不累，不需要回家休息，我正在和他的老朋友聊天，要接我叫他自己來接。」

跟班兼保鑣顯得不知所措，施冬推開他主動迎向我。

「你說你和王賓認識多久了？」

「將近十年。」

「這麼久了，那你也認識麗姐囉？」

乍聽麗姐的名字，我一時無法掩飾內心失落，擔心自己在施冬面前露出馬腳，想不到她更加好奇地打量我。

「不瞞妳說，我是因為麗姐才認識賓哥的。」

「所以你和她是朋友？」

「最要好的朋友之一。」

我不確定自己算不算在扯謊，但我真心誠意如此認為，我是麗姐最親密的朋友，而施冬也信了。

「我一直想找人聊聊她。」

「施冬姐，我們真的該走了。」

跟班兼保鑣再度打斷對話，她臉色驟變，強忍著不發作，也不理會對方。

「小紀，你開車來嗎？」

「當然。」

「能送我一程？」

我內心感到一陣不可思議，事前準備全派上了用場，她問了我最會做的事，我當然充滿自信地點頭。

「你去跟老闆說，我和他的老朋友小紀先走了。」

不等對方抗議，施冬的手找到我的手臂，半拉著我朝後台方向走，我忍不住回頭張望，那無辜的跟班兼保鑣正拿起手機撥號，八成是向老闆回報，他的「老友」小紀將他未婚妻帶走了。

從泊車小弟手中取過車鑰匙，我咬著牙賞了一百塊小費，他居然臭著臉勉強收下，我不理會他逕自上車，等施冬在副駕坐穩了，才瀟灑地啟動保時捷，讓她聽聽那美妙的引擎聲，接著踩油門換檔，跑車瞬間衝了出去。施冬壓抑心中驚訝，用手抓牢車門上的扶手，我看在眼裡，幾乎無法按捺心中得意，一連超過兩輛車。

她可能看出我的雀喜，轉頭望著窗外夜色，街頭上盡是一對對紅男綠女，她頭又轉回來，眼線停留在儀表板上，我順著她的目光看過去，發現竟是我破舊的皮夾，上車時隨手扔在那裡，我恨不得能將皮夾藏起來，或找個地洞鑽進去，但我什麼事都無法做，只能任由它拆穿我所有的假面。

施冬又看了皮夾幾眼，但似乎沒要揭穿我的意思。

「小紀，你怎麼會認識麗姐這麼久？」

「我們合作過，我……有自己的傳播公司。」

「傳播公司？我還以為你是賽車手。」

「業餘玩玩，把妳嚇著了？」

「既然坐上你的車，我就把命交給你了……其實我想和你聊聊她，你難道都不怪我？」

「怪妳？我不是當事人，沒這權利吧。」

「你真的這麼認為？」

「變調的愛情就像是失敗的婚姻，箇中滋味只有當事人才懂。」

施冬顯得很感動，她低下頭，從名牌包中取出紙巾來拭淚。

「你講得很對。」

「我讀過很多關於愛情的書，對愛也算是小有研究。」

她露出崇拜的眼神，默默點頭。

「剛出道時，麗姐幫過我很多忙，帶我上媒體，教我做訪問，把不接的工作轉給我，我和她曾經情如姐妹，可是……」

「妳無法抵抗王賓。」

我期待施冬會為自己辯護，可是她並沒有，連嘗試都不嘗試，雙眼空洞地看著前方。我感到一陣失望。

「說起來很諷刺，現在我們訂婚了，我反而不知道該怎麼辦。」

「妳是指他的……公獅性格？」

「你果然很瞭解王賓，才會如此形容他，有時候我寧可自己還是小三，就不用太在意王賓見一個愛一個。」

「現在妳能體會麗姐的感受了。」

「你怎麼看出來的？」

「管理大師彼得杜拉克說過，在溝通上最重要的是聽出沒說出口的。」

她先是一楞，不懂我在講什麼，接著突然轉手背對我，用發抖的雙手從皮包中取出小藥罐，吃了一顆藥。看著她失神的模樣，我感到很不捨，自責自己多嘴，就因為多講了一句話刺傷了她。

小藥片很快開始發生作用，接下來除了給我方向指示，施冬陷入呆滯的狀態。我邊開車邊注意她，她梳整堆高的埃及女神髮型仍由髮膠固定得好好的，反映著車外的霓虹燈光，這時她突然笑出聲。

「你開車很不專心。」

我心中一陣慌，趕緊找新話題。

「我……妳不需要先卸妝嗎？」

「你覺得我這樣子很假，對不對，我自己也常這樣覺得。」

「不是假……只是有點不真實，施冬居然坐在我的車上。」

「你真正的意思是，有個真人尺寸的洋娃娃坐你身邊吧。」

「妳並不是洋娃娃。」

「洋娃娃有什麼不好？」

「洋娃娃只有美麗外表，內心卻是空的。」

我看得出我又說錯話了，她再度用受傷的眼神回望我，勉強擠出慘笑。

「我從小就喜歡洋娃娃，我收藏了整櫃的洋娃娃。」

「我不是那意思……」

「我常自問，憑什麼讓大家如此稱讚我，在乎我？其實我一直明白，你講得沒錯，我除了外表什麼都沒有，我是空的。」

直到回到她的高級公寓我們沒再交談。下車前她深深望我一眼，然後調頭開車門。

「施冬，或許……或許我們可以成為朋友。」

「後會有期了，小紀。」

我看著她下車，想告訴她麗姐對我講過一模一樣的話。她腳步不穩地走向公寓，門房趕緊為她拉開門，這時我才注意到，副駕座位上還留著她的塑膠藥罐子，想抬頭叫她已來不及。

回程路上我一直無法專心，拿起藥罐研究上頭貼的標籤，像是某種抗憂鬱的處方藥，我不禁皺眉，還差點撞上側邊閃出的黑色轎車，緊急煞住車後我才意識到，對方是刻意堵我。

果不其然，兩名兇巴巴的大漢從黑驕車前座下車，一左一右來到保時捷側邊，其中一人猛拍駕駛座車窗，我擔心他打破玻璃，只得主動開門下車，此時王賓從黑轎車後座下來，滿臉不屑，手中握著棒球棒，他表情突然起了變化，我當下心中一涼。

「你不是……」

「沒錯，我是小紀。」

「當真是小紀，我還以為是哪個不長眼的登徒子想把我女人，居然是我以前的司機。」

一名女子也適時從黑轎車出現，王賓回頭和她分享他的新發現。

「喬瑟芬，這個人以前替我開車。」

兩名手下陪著他訕笑，喬瑟芬則無動於衷，正是那個在告別式上和王賓卿卿我我的女模，如今看來已正式成為新小三。

「小紀，你穿得這麼體面，害我差點認不出了……這到底是怎麼回事，你幹嘛去招惹施冬？」

「我想知道麗姐是怎麼死的。」

「我有沒有聽錯，我老婆死於意外車禍，有什麼好知道的，況且她怎麼死的干你屁事，在這裡瞎攪和？」

「我和她有約定，這是我欠她的。」

「小紀，人都火化了你還當她是親祖宗在拜，當初我就是看不慣你那哈巴狗德性，才把你換掉的。」

「至少我對她忠心耿耿。」

我的理直氣壯只引來更多訕笑，唯獨喬瑟芬仍不為所動，用複雜的表情盯著我看。王賓也注意到她並不開心，決定扮一次好人。

「好吧，念在你對文麗的忠心，我就放你一馬。」

可惜他沒放過我借來的保時捷，我只能眼睜睜看著他揮動球棒，將車子的兩個大燈敲得粉碎，才坐上黑跑車揚長而去。

我領了盡半數的存款，硬著頭皮將保時捷駛回贓車場，連錢帶車還給傻眼的阿偉，他默默收下錢，不讓我多說一句廢話，我很清楚他車場管理員的工作九成保不住。

老趙再約我吃宵夜，聽完我的故事他只嘆口氣。

「別太難過了，欠兄弟的找機會再還就是。」

另一個道上潛規則，欠的一定得還，只是欠與還之間可以有時間差，一切量力而為，我無需老趙提醒，但聽他這麼講還是頗感安慰。

「又找我幹嘛？」

「拿錢總得辦事嘛，老線民領到保險金了，要我謝謝你。」

我不置可否，看著他從公事包中取出新的文件影本，得意地交給我。

「這是蔣文麗的人壽保險單。」

我熟練地翻閱文件內容，只挑重點看，保單總金額一千萬，受益人正是丈夫王賓。我對著他冷笑。

「我們有了殺人動機了。」

「別這麼快下結論，一千萬對他們那種人根本不是錢。」

「這哪像老刑警講的話？」

「等你看了這個再說。」

老趙再拿出麗姐的屍體血液分析報告。

「死者體內有海洛因和過量的抗憂鬱藥物反應。」

「過量是過量多少？」

「正常服用量的十倍以上，小紀，看來她真的死於自殺。」

「這一定是搞錯了，麗姐對藥物過敏，連感冒藥都不敢吃，怎麼可能去碰毒品？」

我突然想起施冬留在保時捷的藥罐。

「會不會她先被人下藥，才出了車禍？」

「你看你，又開始編陰謀論了。」

老闆端來一瓶金牌，我接過來準備為自己倒酒，卻又被老趙搶過去。

「既然戒了就不要隨便破戒，要發洩有其它方法。」

「我就是不信她會選擇自殺。」

「還有什麼事我能幫忙的？」

「幫我查個蹺家男孩，年紀十一二歲，看有沒有在列管名單上。」

我正打算繼續抗議，腦中卻閃過那個瘦小的身影。

老趙點點頭，取出手機開始撥號。

凌晨一點半，我躺在沙發上卻了無睡意，任由家徒四壁的小公寓陪我一齊生悶氣。我拿起施冬的小藥罐和麗姐的血液報告相比較，正如我所料，兩種抗憂鬱藥物的成分相同，皆是惠氏藥廠的速悅。

門外傳來電鈴聲，我太久沒聽自己家的門鈴響起過，懷疑是隔壁傳來的聲音，約十秒後它又響起，我才納悶地起身開門。

「你是小紀？」

門外女子約四十歲，全身上下盡是陳腔濫調，低胸內衣短裙加起毛的舊大衣，腿上是破了口子的魚網絲襪，完全和電影中的妓女一個樣。

「妳電影看太多了吧。」

「什麼意思？」

女人還嚼著口香糖。

「沒什麼意思……老趙要妳來的？」

她懶洋洋地點頭，鮮紅手指甲像彈鋼琴一般在鐵門上敲打，我看得出她看得出我在猶豫。

「錢都付清了。」

我再打量她幾眼才開鐵門，女人露出勝利的笑容，剛踏進門既注意到茶几上凌散擺著時尚雜誌，都是用施冬當封面。

「你也喜歡她？」

我沒興致回答她的問題，女人也沒興致等我答應，她轉向面對我，用雙手擠擠自己豐滿的胸部。

「女人太瘦了不好看，要找像我這種長肉的。」

我又向公司請病假，好繼續跟蹤施冬。她早上離開住處後，直接赴某攝影師的工作室待了大半天，期間王賓從未現身來陪她，我卻無法把握這難得的機會再接近她。眼看著太陽開始西斜，我暗自懊惱時，突見她從工作室的鐵門快步走出來，後頭跟著面色慌張的助理，施冬鐵青著臉，舉手招計程車。

我跟在一輛沒載客的計程車後頭，逐步接近她，施冬不理會助理的哀求，提起大包開門上車，我不知從哪生出的斗膽，趁機從車子的另一邊也坐進去，她看清楚是我，臉色更加難看，猶豫著該如何反應。

「又見面了。」

「你來幹嘛，我並不想見你。」

「來還妳這個。」

我手中拿著她留在我車上的小藥罐，她二話不說把罐子搶回去。司機轉過頭來狠狠瞪我一眼，再看向施冬。

「要我趕他下車嗎？」

「不必了，開車吧。」

施冬摘下墨鏡，無奈地打量我。

「你好會演戲，差點把我給騙了，你想替麗姐報仇？」

「我承認我騙了妳，我只是想替麗姐討回公道，這個藥罐子，為什麼麗姐體內會有相同的藥物反應？」

施冬瞄了開車司機一眼，確定他沒偷看才略微放心，壓低聲音抗議。

「我不懂你在說什麼。」

「麗姐絕不可能吃這種藥，妳老實告訴我，妳和她的死有何關連，妳的紅寶石耳環為何會出現在她的車裡？」

「紅寶石耳環？」

「妳戴過相同的耳環，我有照片為證。」

「我確定掉了一副紅寶石耳環，王賓送給我的，但我不知道掉在哪裡。」

她接下來講的事完全出乎我意料之外。

「不過麗姐確實約我見過面……」

「妳們見過面？」

「就在她出事當天晚上，她約我在Bella Luna喝咖啡，可是出現的卻是那個喬瑟芬，她知道我不可能見她，所以冒用麗姐的名義。」

「妳們說了什麼？」

「她要我識相，主動放棄王賓，否則她會讓我身敗名裂。」

施冬看起來不像在扯謊，可是她講的事卻又如此不可思議。

「你不相信我？」

「我很想相信妳，可是麗姐是給人害死的，這點我越來越確定，如果妳是無辜的，就表示王賓有嫌疑。」
「王賓？」
「妳想想看，耳環、抗憂鬱藥都可以把妳和麗姐連在一起，除了他還有誰能拿到妳的耳環，知道妳吃藥的事？」
「你胡說。」
「如果他真要娶妳，為什麼又會和喬瑟芬搞在一起？」
「別再說下去了！」
她的聲音顫抖，卸完妝的臉色慘白，我這才意識到自己太急了，我講的事太過離奇，連老趙都不一定信，何況是期待過幸福生活的準新娘子。
「司機先生，麻煩你繞一下，先送這位先生。」
等計程車停在我住處前，施冬仍拒絕再看我一眼，我下了車，忍不住做最後的努力。
「妳自己小心，有任何事都可以來找我……」
「幫忙」還來不及說出口，車子已啟動駛走，我看著施冬坐在車內的背影，期待她會轉頭看我一眼，不要讓我所有的努力白費。
她一次也沒調頭過來。
隔天我先到攝影師工作室附近，取回停了過夜的車，才趕去上班。一進公司我就感覺氣氛不對，吵雜的辦公室頓時鴉雀無聲，同事們紛紛停止講話，我不解地走到座位，才發現電腦已被取走。

「這是怎麼回事？」

鄰座的老申調員幸災樂禍看著我。

「東窗事發啦，老闆等你解釋等了兩天。」

我心裡有數，趕緊主動向老闆報到，老闆仍是那模樣，氣沖沖地坐在寶座上瞪著我，只是這回他沒在演戲，而我也失去編理由的興致，老實承認錯誤，簽結了不該付錢的保險理賠，連小紀過去最擅長的唯唯諾諾也省了。

4

最諷刺的是，我背著良心拒絕了上百件合情合理的保險申請，替嗜血老闆省下不知多少錢，卻栽在三件無關痛癢的小案上，但我毫無怨言，甚至有解脫的快感。反正家庭毀了，工作沒了，麗姐的死也仍是一團迷霧，報應終於追上我毫不值錢的爛命，就由它徹底爛到底吧。

我窩在家裡足不出戶，老趙的電話也不接，整天餓了吃吃完睡，不餓不睏時就上網背金句看日本女優，自我麻醉日子倒也快活。但我的思緒仍被施冬的哀傷表情牽絆著，與麗姐最後一次分手時的回眸慘笑如出一轍。

我忍不住衝動，還是點開網上的八卦直播，兩個主持人一男一女，正口沫橫飛大爆王賓和施冬的隱私。

「我早預言過，施冬不嫁還好，嫁了反而出事，果不其然新的小三立馬出現來和她搶王賓。」

螢幕上打出喬瑟芬的性感清涼照，我和她近距離打過兩次照面，奇怪的是先前的莫名熟悉感不復存在。

「這位喬瑟芬到底何方神聖，居然這麼快就讓王賓移情別戀？」

「喬瑟芬本名陸喬，其實在圈內混很久了，走過不少秀，也拍過幾部連續劇，戲垮了人也紅不起來，沉寂了好幾年。最近她的作風突然變大膽，替香港雜誌拍了一系列清涼照。」

「嗯，真的很性感。」

「你們男人啊，都是同一個色胚孵出來的，不過王賓色歸色，生意眼光還是很準的，他搶先簽下喬瑟芬，沒幾個星期兩人就打得火熱。」

「難道說，施冬已經被打入冷宮？」

「現在還言之過早，不過喬瑟芬混了這麼多年，絕不是省油角色。她昨天接受訪問時，話就講得非常得體……」

螢幕重新出現喬瑟芬的畫面，在王賓指示下對著一堆麥克風講話。我不禁將臉貼近電腦螢幕，仔細打量她，那種不可言喻的感覺又出現了。

「我的事業和私人生活全交由賓哥打點，一切聽從他的，他要我怎麼做，我就怎麼做……」

「我不得不佩服這女人，標準的看似被動的主動，根本是殺人不見血，妳說說看，這麼厲害的角色這些年都躲去哪了？」

男主持人誇張地讚嘆，然後露出詭笑，讓女主持人接話。

「為了滿足大家對喬瑟芬的好奇，我們特別邀請她的前男友來現身說法。」

現場響起罐頭掌聲，神情萎靡的男子閃入畫面，坐在兩位主持人之間。我一眼就看出他在嗑藥，而且癮頭不小。

「麥大攝影師，你與喬瑟芬交往過兩年多，同居超過一年，我的第一個問題是，你還愛她嗎？」

這個姓麥的賣力配合演出，聽完問題後露出受傷表情，掙扎著尋找答案。

「我們確實相愛過，如今都結束了，我只求好聚好散，我祝福她和王賓⋯⋯」

「王賓橫刀奪愛，難道你的心不痛嗎？」

「喬瑟芬對你如此絕情，你不是真想祝福她吧？」

「我⋯⋯我確定有話想說。」

「我們都在這挺你呢，勇敢地把話講出來，喬瑟芬過氣多年，她有什麼不為人知的祕密？」

前男友一掃悶悶不樂，像剛嗑完藥地興奮起來。

「好，我只說一件事，喬瑟芬最近才做過大手術，動了好多刀，臉蛋身材才有今天水準，接著她整個人就變了，對我變得十分冷淡⋯⋯」

現場罐頭效果打斷他的話，這回是觀眾的譁然大笑聲，兩位主持人滿臉失望，誇張地搖頭。

「這算是哪門子爆料啊？」

「哪個女模沒動過幾刀？」

姓麥的還想辯解，我的注意力卻被門鈴聲打斷，我想到唯一可能的深夜訪客。我沒好氣地打開門，門外站著並非那個電影妓女，卻是素顏的施冬，她沒戴墨鏡，手腕上掛著提包，全身裹在套頭大衣內，只露出一雙楚楚可憐的眼睛看著我。

「我可以進來嗎？」

我趕緊閃開讓施冬進門，她矮了好幾吋，我這才注意到她穿著平底便鞋。她環顧室內寒酸的擺設，努力掩飾失望和驚訝。

「我不能讓任何人找到我。」

「那妳來對地方了，這裡沒有別人。」

「我可能得待上幾天。」

「想待多久就待多久。」

我差點說她可待上一輩子，但考慮到她的狀態，還是把話吞回去。

「我不懂，王賓變了，所有人都變了……警察要找我問話，他卻不准，要我先避風頭，自己卻又不陪我，我們大吵一頓，我就跑出來了，小紀，為什麼大家都不愛我了？」

「妳先冷靜下來，把詳細經過告訴我。」

原來我查到的事也逐一被警察發現，他們從麗姐錢包內搜出一張Bella Luna發票，自然趕赴咖啡店調查，有目擊者確認當晚見過施冬，她與一名女子共處了近半小時才匆匆離去，可惜沒人能描述與她喝咖啡的女子長相。

更嚴重的是警方藉此線索，申請了對施冬家的搜索令，從她家搜出抗憂鬱藥物，與殘留在麗姐體內的藥物反應相同。

「要不要先休息一下，或者泡個澡，讓我替妳想辦法。」

話才說出口，我便開始後悔，想起那個浴缸已經好幾星期沒刷洗過，幸好施冬沒接受我的提議。她脫下便鞋，赤著雪白的腳，將超過一百七的身長蜷在舊沙發上，像隻剛逃過獵人追捕的巨型動物，神情卻又像小女孩，眼神中盡是恐懼，細緻的五官則寫滿迷惘。

「我已經做了決定，等避過風頭就放棄一切，徹底消失，對，就這樣，我要一走了之。」

「可是這樣也不能解決問題，而且妳現在精神不好，不適宜做任何重大的決定。」

她接受了我說的建議，同意先瞇幾個小時再從長計議，我迅速將臥房整理一番，確定她睡安穩後才關上燈，精疲力盡地回到客廳在沙發躺下，連身子都來不及翻就昏睡過去。可是我睡得不安穩，竟然夢到小娟和兒子。

搬家前，她突然良心發現，同意讓我陪兒子度最後的周末，我急切地想向他證明我是個好爸爸，即使一次就好，苦思良久卻不知該怎麼做，結果還是兒子為我解圍，要我帶他去吃冰淇淋。

「爸比，靈魂真的很貴嗎？」

兒子吃著香蕉船聖代，沒來由地問我。我正望著店外駛過的公交車，車體上的化妝品廣告正是由施冬代言，我心不在焉地回答兒子。

「靈魂？你知道靈魂是什麼？」

「嗯，媽咪說靈魂很值錢，再多錢也買不到。」

「那就是吧。」

「比冰淇淋還值錢嗎？」

「兒子，靈魂是大人講的話，媽咪怎麼會跟你說這些？」

「因為我問媽咪，為什麼你不跟我們住了，她說你的靈魂不見了，要去把靈魂找回來。」

「媽咪真的這麼說？」

「嗯，你會嗎？」

「會怎麼？」

「等你找到靈魂，會回來和我住嗎？」

我忍住差點潰堤的淚水，緊緊摟住兒子。

「會的，爸比一定會的……」

微弱的聲音吵醒了我，一切顯得模糊不真實，我腦中還在分辨到底有沒有和兒子度過最後的周末，或帶他去吃冰淇淋。微聲逐漸變得清晰，是施冬在哭泣，我趕緊起身來到臥室前，悄悄推開門，見她坐在床上看著手機，仍在低聲飲泣。她發現我探頭進來，並沒有趕我的意思。

「又發生了什麼事？」

「你自己看。」

我接過她的手機，重新播放螢幕上的影片，表情嚴肅的王賓在對媒體發表聲明：

「在此，我呼籲媒體好朋友們不要嗜血，更不要妄下斷言，在真相明朗之前就對施冬小姐做出人格謀殺。本人以施冬經紀人和未婚夫的雙重身分向各位保證，我相信自己的判斷，會盡全力替她洗清嫌疑。」

數個小時的睡眠沒提供太多幫助，施冬仍顯得心力交瘁，她不等我反應，突然起身下床，一路衝進浴室，我別無選擇只得跟進去，見她使勁將手指上的鑽戒摘下來，扔進馬桶中，然後坐在瓷磚地板上失聲痛哭。

「這是怎麼回事？他為什麼現在才講這種話？」

我讓她好好發洩一番，背對她彎下腰，伸手將鑽戒從馬桶水中掏出來，拿到洗臉台內沖乾淨。

「妳難道看不出來嗎？王賓在演戲。」

「他演給誰看？」

「給所有人看……妳想想，只有王賓有除掉麗姐的動機，而且我先前講過，知道妳服藥的人也只有他。」

「你是說他不但移情別戀，現在又想陷害我？」

施冬顯得六神無主，但逐漸被我說服。

「那我該怎麼做？」

該怎麼做？眼前美得讓人心疼的施冬在問我該怎麼做，我興奮得說不出話，太久沒人如此需要我，渴望聽到我的意見，願意照我的話去做。

「小紀？」

「妳要回到王賓身邊，和他維持表面的關係，私下蒐集證據，好證明妳的清白。」

「我怕我做不到。」

「別擔心，我會幫妳的。」

我越說越相信自己，我扶起施冬的細手腕，為她重新戴上鑽戒，她沒有抗拒，只是用紅腫的眼睛看著我。

「你為什麼對我這麼好？」

「妳讓我想起麗姐。」

我其實想說，我對她有特殊的親切感，讓我想保護她，照顧她，又怕自己詞不達意，讓她誤會我。

「發生在她身上的事，絕不能再發生在妳身上。」

她聽得很受用，讓我鬆一口氣，慶幸沒講出真話。

柏拉圖說過，戀愛是一種嚴重的精神病，我知道我並沒愛上施冬，我也許愛過麗姐，但我不愛施冬，因為我沒發精神病，我只是看出她的內心是空的，就像看到我自己，我們都找不到自己的靈魂。

接下來事情皆按照計劃進行，施冬由王賓陪同主動向警局投案，經過三小時偵訊後，因證據不足被飭回。王賓不放棄任何上鏡頭的機會，選在警局外頭，當著眾媒體再度高調發表聲明，強調他不會看錯人，影射施冬涉案的所謂線索和證據，最終都經不起檢驗。

同時為了證明他對施冬的清白有絕對信心，王賓將在最短時間內與她完婚，並安排在他的豪宅舉行婚前派對。整個過程施冬緊抿著嘴，不管媒體再怎麼發問她都隻字不說，任由王賓替她發言。我不得不佩服施冬的勇氣，一旦她決定接受了我的建議，她表現得無懈可擊。

只可惜，事情發展遠遠超出我的預料。

我和老趙約在王賓的豪宅外碰面。我躲了他近一個星期電話，他卻沒要發作的意思，也不取笑我一身高級西裝領帶皮鞋，反而換上他的乾爹嘴臉。

「又被炒啦？」

「工作再找就有。」

他用沉默代替安慰，從外套口袋拿出厚厚一疊大鈔，用發黃的紙袋捲著交給我，我猶豫了片刻還是收下，原因之一，老趙想做的事誰都拒絕不了；原因之二，我真需要錢。他見我乖乖就範，滿意地轉頭打量王賓家外觀，名牌車陸續抵達，盛裝的俊男美女一下車即相互比較，爭奇鬥豔。

「小紀，這是另一個世界，你賴在這幹嘛？」

「相信我，事情還沒有結束。」

「對了，我差點忘了。」

老趙再從口袋掏出一個禮物交給我，爛紙頭上寫著我隱約記得的地址，那個揹書包男孩的家。

「找到了？」

「大約半個月前，在火車站抓到的，已經通知家人領回。」

我不知該如何謝謝老趙，這消息比那疊大鈔更加珍貴，我想向他解釋，那個男孩讓我想到從前的自己，想到遠方的兒子，想到這世界的殘酷，想到我的不甘心，想從無止境的殘酷中爭回一點尊嚴，即使只是一個離家小孩也好。

老趙對我內心的千迴百轉渾然不覺，一對色眼貪婪地打量著周圍美女，我順著他的目光也發現熟悉的身影，又是那個喬瑟芬，今晚盛會最不該出現的人。她濃妝豔抹，身穿皮草大衣，卻顯得神情呆滯，站在豪宅前發呆。我不知她和王賓之間發生了何事，只能替她感到不值，前一刻似乎還勝券在握，下一刻突然得看著王賓結婚，新娘子卻不是她。

等我再想注意她時，喬瑟芬已不見蹤影，我無暇分神，施冬很快就會需要我，於是我告別老趙，趁亂混進豪宅。盛大的派對已進行了好一陣子，我遠遠看著王賓扶住施冬的裸背，逐一與虛情假意的賓客互敬香檳，她穿著連身訂製晚禮服，華麗而高貴，笑顏中夾著一絲勉強，我暗自給她打氣，一定要撐過今晚，順利找出保命的證據。

在眾人慫恿下，王賓開始致詞，盡是自我感覺良好的吹噓，施冬趁機脫離他的手臂，閃入洗手間，緊接著我的手機發出震動聲。

「小紀，我快喘不過氣了，每個人都擺出一副看我笑話的樣子，我不知道還能撐多久。」

「妳一定要堅持下去。」

「我該怎麼辦？」

「利用他不注意的空檔上樓，先從他的書房找起，重要的文件通常放在書桌抽屜裡，我會在那與妳會合。」

片刻後，施冬重新回到王賓身邊，貼著他假裝卿卿我我，趁他滿心歡喜和他人交談時，將手伸進他的西裝口袋，再伸出來時手中多了一串鑰匙。

我確定她到手後，開始混入人群中，逐步移向二樓，進入書房後躲在門後等施冬。時間一分一秒過去，我心急如焚，正準備打手機催她，她剛好閃進書房。從她手上我接過鑰匙，轉開書桌檯燈，她見到桌上與王賓的親密合照，不禁悲從中來。

我顧不得安慰她，找到抽屜鎖孔，開始試每一支鑰匙，試到第四支才成功打開，抽屜內果然擺滿文件，我看到銀行催款資料，不禁心中暗喜，王賓果然有財務問題，但這不足以證明他暗害了麗姐，我需要更直接的證據。

「這是什麼？」

施冬搶在我之前，抽出一份資料，上面寫著她的名字，我一望便知那是保險合約書，我接過手，翻到最後一頁，上面已有王賓和施冬的簽名。

「這是妳的人壽保險合約，妳不記得了？」

「我從未簽過任何人壽保單，我根本不知道有這回事！」

接著我們同時嚇了一跳，施冬差點叫出聲，我轉頭望向牆壁，激烈的爭吵聲從牆壁後傳來。

我趕緊用耳朵貼著牆偷聽。

「你難道看不出來，我才最適合你，我會讓你像以前一樣快樂，跟她解除婚約吧。」

「妳又知道我以前多快樂了？」

「王賓，讓我照顧你下半輩子。」

「妳照顧我下半輩子，還是要我照顧妳？」

王賓發出笑聲，像是剛聽到天大的笑話。

「把妳也捧紅了，飛黃騰達了，再回過頭來綁住我？」

「我不在乎紅不紅，我只想和你在一起……」

不知何時，施冬已學著我，側臉貼在牆面偷聽，神情越來越激動。她突然衝到書桌上，抓起一把拆信刀衝出書房，我只得跟在她背後來到隔壁主臥房，她不聽我阻止，推門闖進去，我只能躲在門外偷看。

喬瑟芬正緊緊抱住王賓，王賓見施冬突然現身，並未顯得驚訝或心虛，只是隨意將喬瑟芬推開。

「下半輩子太長了，我做不到。」

喬瑟芬一雙杏眼絕望地盯住王賓，扭曲的臉轉成猙獰笑意。

「我真是傻啊……我要謝謝你，王賓。」

我頓時像被閃電擊中，渾身上下起雞皮疙瘩，因為喬瑟芬沙啞的嗓音突然變了，我知道我沒聽錯，因為王賓的表情也出現反應，他也聽到不應該存在的聲音，他不解地打量著喬瑟芬。

「謝我什麼？」

「終於讓我看清楚，你是個不折不扣的壞男人。」

「隨便妳怎麼說，反正我們到此為止，施冬是我的未婚妻，我決定娶她。」

這句話同時刺傷了兩個女人。施冬用踉蹌的步伐走向王賓，一手仍握著那紙有她簽名的保險合約書，另一手用拆信刀指著他的臉。

「你是不是想謀殺我，就像謀殺麗姐一樣？」

「我都要娶妳了，怎麼會傷害妳？」

「那這是什麼？你什麼時候幫我辦了人壽保險，還假造我的簽名？」

王賓當場被抓包，臉色一陣青一陣白。

「我王賓經手的錢，每個月動輒上千萬，怎麼會在乎這區區幾百萬的保險金，妳也太沒常識了。」

「不准取笑我。」

「好，我講錯了，妳不只有張漂亮的臉蛋，妳還有全天下最聰明的腦子，這樣可以了吧？」

「你真的這麼想？你沒害死麗姐，想嫁禍給我？」

「這全都是誤會，文麗的死跟我毫無關係，更談不上嫁禍給任何人……我愛妳都來不及了。」

「你說的是真的？」

「我如果說謊，妳就一刀刺死我。」
「我要你發誓，從今以後只愛我一個人！」
「好，我王賓發誓，從今以後我……我……」
在這關鍵時刻，王賓居然講不出施冬想聽的話。施冬失望至極，舉起手中的拆信刀對準王賓胸口，王賓惱羞成怒。
「幹嘛？妳真敢刺我，來啊，有膽妳就來刺啊。」
施冬神情恍惚，緊握刀子的手不停顫抖，卻鼓不起勇氣迎向王賓。
「妳在等什麼？動手啊！」
旁觀的喬瑟芬歇斯底里地叫著，施冬更加下不了手，我見情況危急，趕緊衝進房間。
「千萬不要為了這種男人毀掉自己！」
施冬聽見我的吼叫，彷彿大夢初醒，手指一鬆，拆信刀掉落地毯上，王賓的表情正由緊張轉為得意，可是喬瑟芬動作更快，她向前撿起刀子，一個跨步就衝到王賓面前，使出全力將刀子刺進王賓胸口。
一切發生在數秒之間，我根本來不及阻止，王賓和施冬同時發出慘叫聲。王賓的身體向後倒下，先撞到床架再翻到地上，他用手摀住胸口，掙扎著想說話，卻發不出任何聲音，鮮血已從手指縫隙噴出，染紅他的高級襯衫。他掙扎抬頭，困惑地瞪著喬瑟芬，眼中剩餘的生命迅速消失，接著就斷氣了。

我不顧施冬哭天搶地的哀號，做出當下唯一能做的決定，我拉起喬瑟芬的手。

「跟我走。」

喬瑟芬顯得並不意外，順從地隨我離開，施冬則無法理解我怎麼會選擇帶走殺人兇手。

「小紀？」

我不敢面對她，狠下心繼續往外走，喬瑟芬反而停下腳步，回頭朝施冬講了語重心長的話。

「他死有餘辜，妳以後會謝謝我的。」

我領著喬瑟芬匆匆下樓，穿過尚未起疑的眾賓客，出了豪宅後直奔停車場。全程她很有默契地配合我，不等我開鎖，逕自坐進車子後座，這讓我更無懷疑，只有一個人知道我從不鎖車門。

我啟動車子，加速衝出去，一連衝過七八個紅綠燈才出現第一輛警車，閃著警燈朝豪宅方向疾駛而過，接著又與第二第三輛警車交會，我不敢掉以輕心，又開了五公里才鬆開油門，將車停在路邊，從後視鏡打量喬瑟芬。

後座浸在黑暗中，我想像著她應該全身發抖喘著大氣，她卻如大理石雕像般靜止不動，偶然對面駛來的車燈照進車內，短暫點亮她的臉，鏡中喬瑟芬的眼睛少了其它五官干擾，讓我重新認出來，依然是我記得的模樣。她意識到我的視線，很專業地調整臉的角度，讓我看得更清楚。

「打算帶我去哪？」

「帶妳去逃亡。」

或許是逃亡的概念太戲劇化，她忍不住發笑。

「找個沒人認得我的地方重新開始？」

「不然呢？」

「有何不可，每個人都該有第二次機會。」

「你是說第三次機會吧。」

車外光線再度閃過麗姐的新臉龐，她深深打量著我。

「其實我有點失望，我以為你會更早認出我。」

「我只覺得妳似曾相識。」

「老王可能一直到死，還搞不清楚發生了怎麼回事。」

「妳打算告訴我全部經過嗎？」

麗姐毫無保留地告訴了我，她如何在整型診所遇上手術意外，一個叫喬瑟芬的過氣模特兒對麻醉劇烈過敏，當場死在手術檯上。她如何靈機一動，化身成魔鬼，和醫生談了個浮士德交易，她願意為醫生永遠守住祕密，交換條件是將她整成比她年輕近十歲的喬瑟芬，在她屁股刺上自己的胎記，再砸爛喬瑟芬的臉。

接下來就是展開報復，她很清楚王賓買給施冬紅寶石耳環，她買了一副同款耳環留在車上，以麗姐名義約施冬在車禍前見面，果不其然與施冬不歡而散，但那不是重點，重點是讓她成為蔣文麗死前見的最後一人。然後將載了喬瑟芬屍體的車子推下山崖，準備連人帶車燒成灰燼。

「妳怎麼知道她體內有相同的藥物反應？」

「純屬運氣，有多少模特兒要靠抗憂鬱藥才能睡覺，你知道嗎？」

但沒有人像妳有如此決心。我想像著麗姐剛動完手術，硬將自己變成另一個人，夜深人靜躺在病床上，忍受著麻藥退去後的皮肉之痛，腦中不斷盤算著一個接著一個詭計，然後大膽地去執行，只為奪回她還愛著的男人，同時報復那個背叛她的女人。德國哲學家尼采說過，一個人如果知道自己為何而活，就可以忍受任何一種日子，我終於理解這話的真義。

除非，除非她已瞭解到，她想挽回的這一切其實都不值得。後座的麗姐開始啜泣。

「我恨透了這張臉，如今卻是我唯一剩下的。」

「妳還有我。」

「這世上有太多的背叛，你是我知道唯一的好人。」

我露出苦笑，不過是爛命一條，沒有什麼日子不能忍受的。我不捨地從後視鏡看著她，突然決定該帶她往哪逃。

「麗姐，妳想見我兒子嗎？」

她抬頭與我四眼相交，瞬間給了答案。我開始找CD光碟，這漫漫旅途需要大量音樂相伴，我很快挑中最適合的歌，她閉上眼，靜靜聆聽梅豔芳低沉的歌聲，臉上露出我不再熟悉的笑意……

女人花 搖曳在紅塵中

女人花 隨風輕輕擺動
只盼望有一雙溫柔手
能撫慰 我內心的寂寞

阿美要出嫁

王仔脫下早已弄髒的西裝外套，
捲起白襯衫袖子，
顧不得被熱氣燙得滿臉通紅，
接過文良和文良兒子們提過來的鐵水桶，
不停朝火堆上倒水，他突然感覺，
王仔就是他們莊稼囝仔

阿美要出嫁

苦等了五天後，阿川終於捎回喜憂參半的消息：喜的是阿美回過表舅勇智家，可以確定她人在台北，並無出意外；憂的是她收拾了幾件衣物後又離開了住所，一張紙條也無留。

「這個死查某囡仔，做出這款代誌？」文雄講得咬牙切齒，難忍為父的憤怒和羞辱。

「攏是你們兄弟逼出來的，不讓她和那個外省的做朋友！」阿美的母親寬玉大聲為女兒辯護，她用力將文雄推開，直接問秋天就要去台北念高工的大兒子。「阿川，你真不知三姐在哪裡？」

阿川無辜地反問：「阿舅和阿妗攏不知，我哪會知？」

寬玉問阿川的話也是文雄最想問的，只是他拉不下臉來，他心中一直懷疑，家裡小輩是不是都背著他，聯合起來暗助阿美，替她送信，再幫她逃家？這陣子以來他越想越驚，萬一阿美和那個憲兵私奔了，他的老臉真不知往哪裡放。

寬玉眼中含淚，沒再說話，調頭回灶腳繼續忙她的，但文雄看得出，她只是忍住心中的怨沒講出來。他承認自己做得過分了，阿美被他逼急了才離家出走，但他仍天真地相信，也許再過幾天阿美就會回家。

倒不是他們在埔心一帶是啥大戶人家，要煩惱街坊的閒言閒語——郭家三代以耕作為生，生活簡樸而清貧——文雄受不了的是小弟文良的冷嘲熱諷，說厝內查某都找嘸好的台灣郎嫁，才會被「阿山」拐走；又說他自己三個囡絕對嘸膽幹出這款代誌！阿兄文龍其實也不爽阿美的行為，只是幾年前首先被騙走的正是他的獨女阿鑾，文龍自己阻止無力，如今也不便說啥米五四三，只用眼神對二弟表達不滿。

阿美在文雄家排行老三，如果把出生就夭折的大囝也算進去，其實排老四。從小阿美在七姐妹中個性最倔強，她出生時本來叫美智子，日本人走了之後就把「子」拿掉，直接叫美智。五歲時文雄將她送去大園一家姓廖的當童養媳，結果小美智在新家又哭又鬧，從早到晚幾乎沒停過，十天後廖家只好將人退回來。文雄收得很無奈，家裡實在不需多一張無法做田的嘴吃飯，阿美二姐和後面兩個妹妹都被送走，去別人家攏過得好好的，就阿美沒這命，注定要留在家裡過苦日子。最開心的人是阿母寬玉，能多個女兒留在身邊長大，也因此她和阿美最親。

傍晚時，文雄牽著水牛出去看水。缺水季節裡，稻田的灌溉水很容易被鄰居偷，將水引去其它田中。他沿著固定路線，赤著像鴨蹼的腳走在田埂之間，確定今天的水沒被改道，他決定順便牽水牛到水塔旁的池塘泡冷水澡。文雄無神地望著老牛將全身浸入塘中，只剩大鼻頭冒出的氣泡浮出水面，突然想起自己過完年就五十一歲了，但他的三個囝都還少年，沒一個想做莊稼人，寧可去台北讀職校，以後做黑手，他不知這塊田還能種多久。

軍機破空劃過發出巨響，打斷文雄沉重的思緒，他抬頭打量夜空，已不見F-104機翼上的閃燈，塗了迷彩油漆的水塔輪廓倒還能分辨，以及水塔背後一整片機場圍牆內的燈火。他再嘆口氣，如果要算總帳，罪魁禍首其實就立在他眼前。

阿共仔拿走大陸的後一年，老大阿彩剛入贅了尪，阿美還在念國民小學。文雄生性不愛種田，本來開了間柑仔店謀生，阿爸往生了後三兄弟分家，他分到田產，被迫回去當農夫，只得把店收收掉，許多人客趁機欠帳不還；再加上他不擅農事，收成總是不好，幾年下來欠了不少錢。他無奈地整日獨自在自己的田裡勞動，偶爾聽說有許多唐山人逃來台灣，他心中難免好奇，但很長時間裡一個唐山人也沒見著，農村的生活幾乎沒有改變，追隨著四季節氣，日出而作日落而息，直到家附近開始興建飛機場。

正是這個空軍基地帶來所有的不幸。它就蓋在距離郭家三合院不到一公里遠，百餘年來純屬福佬人的埔心村起了變化。首先附近偶而出現軍用吉普車和卡車，上面坐著穿軍服的軍人，接著開始有阿兵哥在村子周圍走動，他們長相怪異，講著文雄聽嘸的外省話，偶而也有人操簡單台語，但大多時彼此靠比手畫腳，或好奇地互相打量。幾年之內阿山們準備成家了，高竹籬笆圍成的眷村開始成形，而且就蓋在郭家曬穀場對面不遠，裡面不少女眷講台語，明顯是台灣人，單純的郭家三兄弟這才意識到苗頭不對，可惜已經遲了。

阿欒是村內公認的大美女，但嘸人驚訝郭家怎會出這款好筍，因為阿欒並非天生是郭家人，她幼時被抱來當大房的童養媳，準備長大後嫁給文龍大兒做某。如果說二房阿美的個性強悍，那大房阿巒的潑辣要再乘上十倍，她堅拒被送作堆，從不正眼瞧未來的尪，文龍見如此長久下去不是辦法，只得改收阿巒為養女，準夫妻頓時變兄妹，從此相安無事。

阿巒長大後自然出落成水當當的恰查某，郭家長輩口中的驕傲，眾子妹見追求她的士紳前仆後繼，自然將大堂姐視為偶像。阿巒沒念什麼書，卻有天生的直覺和聰慧，遠近適婚男子她沒一個看得上，唯獨中意空軍基地一位外省軍官，沒人知道他們如何認識的，但見過他的人都說他長得高挑英俊，風度翩翩，還在大陸念過大學。經過一場家庭革命後，美麗的阿巒堂姐順利嫁給空軍姐夫，郎才女貌的童話居然真在鄉下小村中上演。

這時阿美在台北商校念二年級夜間部，家裡已沒錢供她念書，她白天就去軍方單位當雇員自食其力，不到兩年時間，居然有消息傳回埔心鄉下，說阿美正在和一個憲兵交往，讓眾長輩十分驚訝！等她假日回家時，文雄特別派寬玉去探女兒口風，結果她老實向阿母坦承，說這位「朋友」是工作單位的同事，經常一起吃飯，看過幾回電影，也去陽明山和新公園拍過照。她搭火車回鄉時，男的會陪她坐到桃園，再自己坐車回台北。

文雄夫妻徹夜難眠，對坐互嘆，暗想代誌大條了。隔天晚飯後，文雄兄弟三人圍坐曬穀場長板凳上商量對策，並點起蚊香趕蚊子，可惜效果不彰，只得不停揮紙扇加強效果。

「啥米是憲兵？」文雄困惑地發問，可惜三兄弟沒一人去南洋當過日本兵，對軍隊的事一竅不通，只能繼續抽悶菸。

「上個月我去團管區替阿忠拿資料，看過幾個兵站在門口，像是假人，戴鋼盔又拿步槍……」

文良終於自告奮勇開口。「穿的軍衫和別人也不同款，我就問了裡面長官，長官說他們不是普通兵，是憲兵。」

「嗯，那不就是站衛兵？」文龍糾正他。

「對啦，就是衛兵。」

文雄聽著兄弟你來我往，心情越來越差，憲兵原來是站衛兵的。

「奇怪咧，阿美怎會呷意一個站衛兵的？」文良馬上替文雄講出心聲，自己的想法被他人說破，讓他更不痛快。

「阮阿鑾再好膽，也挑個軍官嫁……」文龍再補上一刀，同時難掩臉上的得意。「聽阿鑾說，她的尪要升少校了。」

可惜兩位弟弟無心將阿山女婿升官的消息，當成自己家喜事來高興，況且眼前又出現新的敵人。

「二兄，這樣不行啦，你一定要出面，清清楚楚反對這代誌。」

「她住在台北，我有啥米辦法？」文雄苦著臉反問。

他當然想及時阻擋阿美，否則很快就有人要上門提親了，只是他清楚阿美的脾氣，比家裡水牛還硬。當年文雄跟她說過，查某囡仔免讀初中，留在家裡幫忙，她就偷偷去考，而且還考上省立了，文雄只好湊錢讓她讀。讀完初中後又說要考高中，阿爸堅持不准，家裡只有米沒有錢，還有四個弟妹要養，她老母就去厝邊借錢給她再讀。

「阿美學校不是快念完了？」文龍難得主動出主意。「等她畢業回來，就嘜讓她出門！」

「對，畢業以後那個雇員就免做了。」文良馬上跟著附和。「也不急著找頭路，逼她搬回家住，別讓她再去見那個人。」

文雄猶豫地看著老大和老三，深深吸口菸，他感覺這樣做不妥當，但也想不出更好的辦法。他打算再和寬玉參商，但轉念又想，查某人一定會向著女兒，也就打消主意。

等阿美北商畢業後頭一回返家探親，文雄硬是拖了兩天，才終於鼓起勇氣把她叫來面前，宣布不准她再離家。

「妳讀冊讀了三年，一定很累，那個雇員就免做了。」文雄開始背誦兄弟講過的話。「頭路不急著找，先休息一陣子。」

阿美當場揚眉變臉，懷疑阿爸在講瘋話。「雇員已經不做了，今嘛我讀畢業，可以找更多錢的空缺。」

「這樣最剛好。」文雄只挑他想聽的聽，後面的話直接忽略。「台北先別回去了，留在家裡幫忙。」

「我有別項代誌要處理，也未和勇智阿舅講，還有我的書和……」

「寫信去講就好。」文雄硬著頭皮堅持立場。

「阿爸，寫信講太沒禮貌了。」

「那叫他替妳去講。」

「叫啥人去講？」阿美這才聽出文雄話中有話。「阿爸，你是不是不喜歡我和他見面？」

攤牌時刻終於還是來了，文雄慶幸自己早已做好準備，他努力擺出父親威嚴，鄭重地宣布：「嘜擱跟他見面，也嘜擱來往！」

沒想到阿美不以為意地冷笑回問：「是誰人教你講這些的，阿伯還是阿叔？」

這話像針一般狠狠刺在文雄心頭。所有郭家人都同意，長子文龍最有日本男人味，田裡下工洗完澡，常會換上寬和服，踩著木屐，坐在正堂外吃菸，唱日本老歌自娛，等著家人找他參商代誌，他的沉默中帶著自信和威嚴，很有大哥架勢。小弟文良則是台式男子漢代表，少年做過迌迌囝仔，四十幾歲了還是火爆脾氣，滿口髒話，想到什麼說什麼，對朋友卻很講義氣，又愛講故事吹牛，最受家裡小孩們喜歡。

文雄是三兄弟中最溫和的，生性木訥，不喜歡與人衝突，但這並不表示他沒脾氣。他被阿美講得一時啞口無言，只能紅著臉提高聲量：「這當然是我的意思，就這樣辦，嘸啥好講啊！」

出人意料地，阿美並未掀起家庭革命，甚至沒有激烈的反應，只是沉默地待在家裡幫忙，不然就關進房間，這讓文雄很意外，也很安慰。阿美能一路念完高中，自然是個聰明孩子，她沒問阿爸為何反對她和那個憲兵交往，因為無必要問，阿山和他們就是不能逗陣。

寬玉的反應更讓文雄料想不到，他突如其來的一家之主氣概讓她驚訝，甚至讚賞，半夜主動來床榻上和他相好，並答應會替他安撫阿美，讓她理解阿爸的苦心，嫁無錢無家無依靠的阿山會多辛苦，還得一輩子看別人眼色。文雄表面雖嘴硬，說嘸啥好安撫的，其實很感激寬玉的支持，這表示她心底其實也反對這檔事。夫妻同心讓文雄信心大增，相信他們會度過這難關，再替阿美找個好婆家。

好心情維持了大半個月，郭氏上下看似一團和氣，三家人沒分彼此，經常互相走動，任何一家開飯坐下來就吃。阿美也重新融入鄉下生活的規律，陪著阿母忙裡忙外，還主動開導年幼的弟妹，見到阿爸雖沒話講，嘴角似乎重新掛起淡淡笑意；若要離家去埔心街上，也不介意讓阿彩的大女兒阿玲當跟班，文雄特別交代她當阿公的眼線，隨時盯住三姨。

直到某天透早，阿美不告而別。

文雄將水牛牽進牛棚，看著牠躺回稻草堆中，確定木板門關緊後，才摸黑回到獨睡的前房。自從最細漢的阿清出生後，寬玉開始和他分房，她二十五年內生了十一個嬰仔，文雄也就沒表示反對。他用毛巾擦完汗，準備躺上硬榻休息，突然灶腳傳來聲音，他好奇起身前去察看，遠遠發現寬玉還坐在灶火前，正用鐵鉗敲熄未燒盡的炭火，木炭和金屬撞擊聲之間，夾著她壓低的哭聲。

文雄躺回硬榻，望著斑駁發黃的天花板無法入眠，他舉起雙手十指，吃力地算了算日子，隔天阿美失蹤就滿一個月了。

平常時愛計較的文良，得知二兄的計劃後，大方拍胸脯同意幫忙。文雄把田裡工作交代完畢後回家沖澡，換上乾淨的短袖襯衫和及膝短褲，勉強將一雙踩慣泥巴的寬腳塞進舊涼鞋裡，再戴上他的灰白色非洲圓邊打獵帽，踩著老腳踏車來到村口等車。他沒帶行李，只提著寬玉備好的一袋自己種的絲瓜，坐上台汽客運，風塵僕僕地晃到台北車頭，在附近的西站下車，從那裡他打公共電話給勇智，再按勇智的指示轉公車，坐到後火車站的南北貨批發區。

文雄並非頭一回來台北，但他從來不習慣大城市的擁擠吵雜，也不理解年輕人為何要放棄農村，來這種地方討生活。路途並不遠，公車到站時勇智已守在車牌旁等候他，兩人簡單寒暄道謝後，勇智領著他來到位在長安西路上的店鋪坐，美黛已經切好一大盤黃澄澄的芒果等候他們。

「姐夫，公車坐很久唷，你一定很累了。」美黛笑得很熱情，她接過文雄的伴手禮，等他坐定了，遞上冷毛巾和開水杯。

「不會啦，莊稼人慣習了，就是台北較熱一點。」

「來啦，吃水果。」勇智古意地招呼他。

文雄先把水杯喝乾，再拿起竹籤，準備吃鄉下不常吃到的芒果。他和勇智表弟從少年時就熟識，自然不必刻意客套。

「你嘸帶換洗的衫褲？」美黛研究完新鮮絲瓜，突然發現文雄沒帶其它行李。「這樣晚上要怎麼睏？」

文雄難得嚐到芒果滋味，甜得讓他一片接一片停不下來。「嘸啦，沒打算在台北過夜，坐坐就要回去。」

「怎可以坐坐就回去？」勇智鄭重提出抗議。「至少要請姐夫吃頓飯，睏一晚，明天再回去。」

「免啦，吃完飯再回去就太晚了。」文雄客套婉拒，他其實沒想這麼多，這趟來是想找到阿美，吃飯睡覺的事完全沒放心上。

勇智似乎看穿他的心思，和美黛交換了眼神，然後面露難色地說：「姐夫，真歹勢，阮無替你看好阿美。」

「嘜這樣講，是阿美自己做不對。」

「我和阿川講，阿美自埔心回來以後衫褲款款，說要去找頭路又出門去，就再嘸看到人了。」

「這我攏知。」文雄一時百感交集，不知如何啟齒。「恁看，她有可能搬去跟那個憲兵住嘸？」

美黛先是一愣，然後才啼笑皆非地回答：「不會啦！阿美很乖，怎麼可能做出這種對不起老大人的代誌。」

「就算她敢，阮也不可能同意，是不是？」勇智在一旁搭腔。

「不是去和憲兵住就好。」文雄嘴上雖這麼說，仍難掩滿臉擔憂，他原本已做好準備，和阿美見面後把事情講清楚，他和阿母這麼做是為了郭家名聲，更是為了她的未來著想。

「阿美會住去哪裡咧？」

「她有一個要好的女同學，聽說是有錢人，厝內很闊。」勇智趕緊動腦筋，但也只能猜測。「姐夫，你嘜想這麼多啦，你說的憲兵，他住在部隊宿舍內，無可能讓阿美去住。」

「你看過那個阿山？」文雄心頭一震。「生得啥米款？」

勇智和美黛再互望一眼，才承認：「他有來接阿美出去，阿美就介紹給阮認識。」

「姐夫，人看起來不壞呢，生得很端正。」美黛補上一句，她顯得對這阿山印象不錯。「一對大耳朵，以後有福氣。」

「啥米叫做人不壞？」
「我知你是怎麼想的，姐夫，我攏瞭解。」勇智很努力想表達他的想法。「依我看，外省人也有許多款，這位王先生跟阮是同款，從小厝裡也沒錢，人看起來很誠懇，肯吃苦……」
「講話也很趣味。」美黛再插一句。
「阿山講的話妳聽有？」
「當然囉，王先生以前住在台北橋頭，台語講得不錯。」
文雄暗驚，居然連他們的話也會講！他開始感到事情不太妙，這趟來除了要找到阿美，就是想和表弟夫妻參商參商，看如何一起把阿美再勸回埔心。結果事與願違，勇智和美黛居然為會講台語的敵人說好話。他慶幸自己沒把話說死，今晚肯定得在台北過夜。
「勇智，你說這個憲兵叫啥名？」
「他姓王，廣西人。」
「廣西在哪裡？」
「這我也不知。」
既然阿美和這個姓王的是同事，文雄打算直接去找他，把事情問清楚，就算他沒將阿美藏在宿舍裡，肯定知道她躲在哪。這個決定獲得勇智和美黛一致的讚賞，讓文雄頓時又信心大增，當晚躺在阿美睡了三年的木板床上，他興奮得差點睡不著，幸好莊稼人生活規律，隔天他還是天亮準時起床，穿上相同一套衣褲涼鞋和硬塑膠打獵帽，吃完早餐後向美黛告別，準備迎向他的下個戰場。

勇智特別交代公車司機，讓文雄在愛國東路下車。他下車後步行至一個氣派的大門口，左右兩邊果然各站著一名憲兵，全副武裝，面無表情，深綠色制服燙得挺直，銀色頭盔和黑皮靴在豔陽下閃閃發亮，文雄好奇地打量他們，懷疑姓王的會不會剛好是其中之一。

「阿伯，你有什麼事？」帶隊的憲兵士官迎向他，用國語詢問。

文雄怕話講不清楚，將勇智準備好的字條交給他，上面寫著姓王的全名。「我要找這個人，他在當憲兵。」

「這裡是憲兵司令部，我們全都是憲兵。」對方接過字條，笑著瞄了一眼。「請你在那邊等一下，我叫他出來。」

人行道上找不到地方坐，文雄只得站在樹蔭下等，十分鐘後終於有個穿軍服的年輕人步出門口，剛才的憲兵士官見到他指向文雄，對方趕緊快步走過來，模樣跟他想像的完全不一樣。

文雄挺起胸膛準備迎戰，不等對方開口先發制人。「王仔？」

「我就是。」

姓王的並不高，穿著軍便服很氣魄，但制服裡面沒啥肉，他抹了油的頭髮梳七三分，有一雙聰明的大眼睛，神情顯得已猜出文雄是誰。文雄上下打量他，難掩滿臉的困惑。「你不是站衛兵的？」

此時旁邊傳來壓低的笑聲，文雄好奇轉頭看，剛才負責通報的士官和兩名衛兵都在偷笑，老人家不明就裡。

王仔沒跟著笑，認真向他解釋。「我不是兵，我是上尉。」

「你也是軍官！」文雄再吃一驚。「我是美智的阿爸。」

「我想也是。」

「阿美失蹤了，你知她在哪裡？」

王仔顯得有話想講，但忍住不說。「這裡不方面講話，請進來裡面坐。」

文雄跟著他朝司令部大門內走，憲兵士官突然大喊一聲：「敬禮！」王仔順勢舉手，向收槍立正的兩名衛兵回禮，再和士官交換一個笑容。文雄見狀趕緊舉起圓帽，跟著向左右衛兵彎腰點頭。

雖然初次見面，而且文雄不請自來，王仔並不緊張，反而顯得胸有成竹，這讓文雄有些佩服，也更堅信是他將阿美藏了起來。所以當王仔強調他並不知阿美下落時，文雄只是半信半疑，卻又講不出什麼狠話來逼他。

無論如何，這次拜訪給了他機會觀察這個阿山。王仔的父母攏死了，在家鄉讀過中學，十七歲離家逃來台灣時還不是軍人，先在重慶北路一帶討生活，在印刷廠做過鑄字和排版工人。他講台語有很重的腔，但還算輪轉，文雄都聽有。六年前才念完軍校，畢業後被分發到憲兵司令部，現在是單位的上尉財務官。

王仔先邀他去軍官俱樂部坐，進進出出的人看起來攏是外省軍官，文雄自從將柑仔店收掉後，就再沒吃過西式食物，王仔點了橘子汁和小蛋糕請他，他也就不客氣全部吃光。吃完點心後王仔帶他去參觀辦公室，還刻意繞去「人事室」，讓文雄看看以前阿美上班的座位，其它女雇員聽聞他就是美智的阿爸，紛紛圍過來打招呼，稱讚阿美和他長得像。

參觀行程最後一站是軍官宿舍，王仔似乎要證明自己絕無私藏阿美，堅持領文雄去巡視他的寢室，四位未婚軍官一間房，四張單人床加桌椅衣櫃，打理得合適合適。王仔打開其中一個櫃子，橫桿上掛著一套套燙得筆挺的軍服和西裝，衣服下緣還整齊排著三四雙擦得發亮的皮鞋，文雄忍不住多看好幾眼才離開。

結束參觀後王仔安排了三輪車，陪他一同去西站，下車後把車資也付清了，文雄默默接受這個外省人的招待，心情開始有些複雜。王仔看起來是個聰明人，讀過冊，能講福佬話，態度也很好，他可以理解為何阿美會喜歡他，只可惜他不是本地人，他們沒法接受他。

分手前文雄突然想起，應該帶點什麼回家去，好證明他這趟英勇的探敵之行確實發生過。

「你身上有帶相片嘸？」他突然問王仔。

「相片？」王仔先是不解，旋即誤解文雄的用意，以為他準備回去向鄉親介紹他。王仔開心地將渾身上下口袋摸一遍，最後將公車月票上黏的一吋大頭照撕下來，交給文雄。

「阿伯你放心，我會替你找到阿美的。」王仔誠懇地向他保證。

文雄還是不太相信他，默默調頭離去。

回家後，王仔的黑白大頭照在家人之間傳遞，大夥看得津津有味，品頭論足，小輩們甚至把它當玩具，繞在大人之間搶來搶去。文雄原本只是拿它來當台北之行的戰利品，不料真演變成在向眾人介紹王仔。

「他今年多少歲？」寬玉邊打量照片邊問，眼中充滿興趣。

「很老了，三十一。」

「看起來蓋少年。」

只有阿彩的老大阿玲對照片沒啥興趣。「妳怎麼不看？」寬玉問她。

「我看過他，本人較好看。」阿玲不經意地承認，結果招來阿公狠狠一瞪，她見狀趕緊溜不見人。

阿美被關在家裡的那個月，文雄指派尚未上學的阿玲盯住三姨一舉一動，她肯定有在放水，偷偷讓阿美和王仔見面。

「原來也是軍官，不是衛兵。」文龍戴起老花眼鏡打量照片，難掩語氣中的酸味，好像他空軍女婿的風頭被外人搶走了。「上尉比少校低一階就是了。」

輪到文良的某看照片時，她忍不住稱讚。「耳朵長得好，阿美以後會有福氣。」

「美黛也這麼說。」文雄不自覺地附和她。

「查某人講啥瘋話？阿美以後有無福氣，跟這阿山有啥關係？」文良終於隱忍不住，先拿自己家後開刀，再轉向文雄。「二兄，你是怎樣了？請你喝果汁你就不記得他是哪裡來的，阮絕對不能讓阿美也嫁給外省的，對不對，大兄？」

火爆的文良阿叔開口罵人，一家人喜樂的氣氛瞬間消失無蹤，小孩們躲的躲逃的逃，留下躲不掉的大人噤聲相望。

文龍清清喉嚨，慎重地擺出一家之主架勢。「是啦，阮早就講好的，你嘜擱反悔了。」

「今嘛阿美人到底在哪裡？」文良不客氣地大聲質疑，讓文雄顏面盡失。

「我還在找。」

「她再不回來，我就帶兄弟上台北去搜，拖也要把人拖回來！」

聽小叔講出難聽的狠話，寬玉再也忍不住站起身，她刻意不看文良，但從文雄手中搶過王仔的大頭照，默默走回灶腳去。

文雄收起圓邊獵人帽，重新戴上斗笠，躲回田裡日復一日忙碌，但就像雨季來臨之前，空氣中的不安正在形成，他隱約感覺有歹事將會發生。

他既不想看寬玉哀怨的眼神，更不敢見到另外兩位兄弟，每個人都在盼阿美的消息，也都對他無計可施感到不滿，文雄天真地以為和那個王仔見過面後，他把家人的擔憂講給阿美聽，阿美就會知錯回家。

可是事與願違，阿美失蹤已超過四十天。然後一件看似毫無相關的事改變了一切。

「你有聽人說嘸，一對少年男女跳日月潭！」寬玉突然來質問他。

「妳哪裡聽來的？」

「報紙刊很大，厝邊的人都在講。」

「兩個人跳水自殺？」文雄仍半信半疑。

「不然是去游水哦？當然是自殺！」寬玉氣急敗壞地反駁。「說是厝內反對他們結婚，最後決定一起去死。」

自從阿美出事後，寬玉對丈夫該有的尊敬攏總嘸去，跟他講話大小聲，讓文雄很不爽，但顧及她思念女兒只好忍耐住。他跑去找大孫女阿玲，要她念報紙給阿公聽，等搞清楚新聞內容後他忍不住冷笑，終於找到反擊機會。

「妳肖查某嘜黑白亂講。」文雄劈頭罵寬玉，趁機發洩自己的怨氣。「死的人不姓郭，也不姓王，妳是在煩惱啥。」

寬玉見文雄如此罵她，氣得全身發抖。「郭文雄，你是耳朵被牛糞塞住，聽嘸我是在煩惱啥？」

「我哪裡聽嘸，就說死的人不可能是他兩個。」

「我嘸說死的人是他們，我是煩惱阿美如果想不開，講不定也去死給阮看！」

文雄頓時啞口無言，他從未想過這可能性，可是寬玉講的不是沒道理，依阿美的牛脾氣……想到這裡他銳氣盡失。「這甘有可能？」

「我不管啦，你今嘛就去台北把阿美找回來……」寬玉的情緒已接近失控，拳頭用力搥在文雄肩膀上。「如果她有三長兩短，我就跟你無完無了！」

突如其來的一則情侶自殺新聞，卻像家裡最苦時米缸裡剩的最後一勺米，讓早被嚇壞的寬玉再也凍未條。文雄自己何嘗不是身心俱疲，內心充滿委屈，當初他狠心將阿美強留在家中時，每個人都支持他，呵咾他一家之主的威嚴，如今出事了，過錯全由他一人扛。文雄自知大勢已去，不敢再找人參商，只得擱下農事，背著文龍和文良再度上台北。

這回他從客運西站直接打電話給王仔，王仔像上回一樣，熱情地坐三輪車來接他，然後帶他去中華商場吃飯。去的路上兩人並無太多交談，文雄開始後悔自己太性急，出門前就算不敢面對三弟，至少也該和大兄講一聲。嫁娶兒女就像談生意，可是他只招過女婿，還沒嫁過女兒，他該向王仔出啥價錢，心中可一點底攏無。

王仔點了文雄愛吃的鹽水鴨，還叫了瓶難得見到的樹林清酒請他喝，文雄看得出來，阿美有教王仔如何討好阿爸，他也不點破，兩人默默吃著好酒好料，文雄想起王仔衣櫃裡的西裝和皮鞋，再想起門口衛兵向王仔立正敬禮的模樣，現在又大方請喝酒吃飯，他心中逐漸有了主意，也許阿美跟著王仔不會比嫁本地人更苦。接著他轉念想起，自己不是還欠了七八萬元的債，既然要逼他嫁女兒，這個外省的至少要付出相當代價。

「王仔……」文雄啃完一隻鴨翅膀後終於開口，筷子倒沒放下來。「你不要讓阿美一直躲著，這樣做她阿母會很煩惱。」

「我也還在找阿美，一找到就帶她回家。」

文雄冷笑一聲，舉起酒杯獨自喝乾，再放下酒杯，示意王仔別再說下去，王仔大概沒預料他的反應如此果決，識相地改變說法。

「不然我該怎麼做？」

「你應該請人到家裡和我談，這樣才是對的做法。」

「你是說找人去提親？」

文雄勉強自己點頭，他從未想過會有這一天，可是形勢比人強，他只能打起精神面對，至少他可以利用這機會還錢。

「阮就坐在這裡，何不直接談？」

王仔的回答出乎他意料之外，也與習俗不符，可是大敵當前，對方既然願意談，文雄也只能配合。「直接談也好，你打算拿多少蓬萊米當聘禮？」

「蓬萊米？」王仔顯然吃了一驚。「你要拿米當聘禮？」

文雄等的就是這問題，他慎重放下筷子，伸出兩隻滿是厚繭的雙手，一手比四，另一手比五。

王仔看清楚他比出的數字，當下面露難色。「九千？」

文雄冷笑搖頭。

王仔的臉色更加難看。「九萬？」

「我嘸這麼貪啦，四萬五就好。」

「四萬五千斤蓬萊米？」王仔重複文雄的開價。

文雄不禁暗自佩服，不愧是負責算帳的官，要將數字講得清清楚楚，他見王仔未提出反對，對自己開的數字更加有信心。

「這樣好了，你去找拿得出四萬五千斤米的人娶阿美，我繼續幫你找她。」王仔用不標準的台語回答，雖然腔很重，每個字攏聽有。

文雄先楞了一下，再看王仔滿臉認真的表情，才知道自己被拒絕了。「你怎麼說這種話，叫我去找別人娶阿美？」

「我拿不出這麼多聘禮。」

「怎麼拿不出？」老人家開始惱羞成怒。「我看你是好野人，有西裝和大皮鞋，又請我吃這種好料。」

沒想到王仔的臉頰開始泛紅。「說出來真歹勢……其實那天給你看的櫃子不是我的，是我同梯的。」

「不是你的？」

「不是。」

「請我坐車吃飯的錢呢？」

「一個禮拜的薪水。」

文雄越聽越驚。「你到底是不是軍官？」

「我確實是軍官，這無法騙人的，但是我只有一套舊西裝，我擔心你會嫌我太窮……」

文雄開始發現這個外省的不簡單，上回居然被他騙了，同時他頭一回感受到，王仔很在乎阿美。「不然你說，你能拿多少錢出來？」

很會講話的王仔突然鴉雀無聲，顯然在心中盤算。

「兩萬元行不行？」文雄再問。

「兩萬？」王仔的眼中仍充滿猶豫，看來這數字對他也很困難。

文雄看在眼裡只能跟著著急，他已騎虎難下，他今天一定得講定婚事才能回家交差，可是他不願再降價。

王仔突然露出勇敢的表情。「好啦，兩萬就兩萬！」

這下反而換文雄沒把握了，難道他就用兩萬塊把阿美嫁掉了？他真能抵擋家族的反對？

「你拿得出來？」他不禁反問，暗自期望王仔這一次又在騙他。

「就算向每個認識的人借，我也要湊足這兩萬元！」

就這樣，兩個男人的談判結束了，王仔再叫了瓶清酒請他喝。晚餐後王仔坐三輪車送他回西站，看著王仔臉上堅毅興奮的表情，文雄再一次感受到，他真的有想娶他女兒。

更奇怪的是，他是不是阿山突然變得不這麼重要了。

結果王仔辦了個「鴻門宴」，將好兄弟和同梯都請來吃飯，吃完後要他們把身分證和銀行存摺留下來，好幫他湊足兩萬元，順利娶回阿美。這些事是阿美終於回家後和寬玉抱頭痛哭，親口講給阿母聽的，寬玉再轉述給文雄。

「我看，這個王仔真的有想娶阮阿美。」寬玉語重心長地說，重複著他內心早說過的話，文雄默默抽著菸，笑而不答。

接下來幾天卻令人笑不太出來，他費盡心思擺平家人的反對聲浪，文良的反應最激烈，他不能接受二兄的軟弱，甚至威脅要斷絕兄弟關係。自從阿爸死後沒啥聯絡的阿叔，不知消息如何傳到他耳中，這時居然也跳出來大聲反對，幸好晚輩們輪流好言相勸，讓他講完氣話也就沒下文了。唯獨大哥文龍沒多說什麼，也許他體認出有個阿山女婿並非世界末日。即使如此，文雄擔心夜長夢多，要王仔盡快在一個月內訂婚。

訂婚那天正好是光復節，雖然已是深秋，氣溫居然接近三十度，郭家喜氣洋洋，來觀禮的親戚全擠在三合院中間的正堂裡，即使有新買的大同電扇轉來轉去，每個人仍得不停揮扇子擦汗。

準新娘阿美還不能見客，眾人目光自然集中在美麗如昔的阿巒和她家人身上，她的外省尪確實很高很帥，三歲的囝仔也很乖，長得和他阿爸一個款，躲在阿巒身邊偷看陌生的親戚們，父子倆不會講台語，堆出客氣的笑面，專心聽阿巒講她肚子中的老二，坐在一旁的文龍則不時笑開懷。文雄看在眼裡，心緒不禁開始煩躁，先是大兄，現在換他，都不得不讓外人進入這個大家庭，他忍不住雙手合十，深深望了掛在牆上的祖先牌位一眼，祈求他們原諒兄弟倆的不孝，繼續保庇郭家子孫。

前來訂婚的黑頭轎車出現時，大夥都鬆了口氣，找到藉口暫時逃離正堂的悶熱，去外頭透透氣。曬穀場上已擠滿圍觀大轎車的大人囝仔，王仔穿著黑色西裝下車，一身新衣不太合身，讓他顯得更瘦，但掩不住滿臉的興奮。他先向文雄解釋，轎車是向憲兵副司令借的，然後介紹帶來的兩位憲兵同事，皆是外省軍官；同行還有其中一位同事的丈人，姓林，是正港台灣人，他主動和文雄文龍握手，介紹自己來充當新郎的長輩，他還不忘自我解嘲，說他們三人有著共同的身分：

都有一位阿山女婿，可惜文雄笑不太出來。

正式訂婚儀式進行時，王仔備好的三百個大餅和兩萬現金就擺在神桌之前，眾親戚看得嘖嘖稱奇，讓文雄很有面子。阿美被阿母妝得很水，看起來有些害羞，寬玉則顯得很滿意，一切看來都很順適，讓文雄也很歡喜，然後他想起缺席的小叔和文良兩家人，讓他頓時有些消沉，但文雄管不了這麼多了，他提醒自己，儘管未來日子還是很甘苦，還有很多債要還，但他是一家之主，他要努力照顧每一個家人。

儀式完成後席開三桌，林姓丈人酒量好，被安排和文雄並肩而坐，不斷找他拼米酒。兩人喝得有些茫時文雄才注意到，正堂裡怎麼少了許多人客，王仔那一桌的少年軍官全看嘸人，接著他才聞到煙味，原來文良家後頭的水井旁失火了！文雄和林桑趕緊相互扶著，跑去看個究竟，發現水井旁的稻草堆燒了起來，而且火勢很大，帶頭在打火的正是準新郎官王仔，以及他還沒機會相認的文良阿叔。

「越燒越旺，越燒越旺！」林丈人見狀趕緊堆起笑臉，找吉祥話圓場。

文雄遠遠見王仔脫下早已弄髒的西裝外套，捲起白襯衫袖子，顧不得被熱氣燙得滿臉通紅，接過文良和文良兒子們提過來的鐵水桶，不停朝火堆上用力倒水，他突然感覺，王仔就像是他們莊稼囝仔。

「林桑，關於那個聘禮……」文雄突然有個想法。

林丈人聞言暗驚，當下醉意消了大半，以為文雄要反悔了。「聘禮有啥問題嗎？」

「錢阮免拿這麼多啦。」

「親家的意思是……」

「我看，留八千元就好。」文雄當下決定了數字。「多的錢先還給他同梯，兩個人剛結婚，嘜欠那麼多錢。」

林丈人趕緊用力點頭讚許，十分認同他的想法，文雄則心頭一緊，沒再說話，轉頭回去打量他的愛婿，草堆的火逐漸被撲滅。

他期盼阿美的婚姻，能像這場火越燒越旺，越燒越旺。

天使穿過你我之間 台北愛情故事

作　　者／伍臻祥
社　　長／林宜澐
總 編 輯／廖志墭
編輯協力／林韋聿
書籍設計／Hong Da Design Workshop
內文排版／藍天圖物宣字社

出　　版／蔚藍文化出版股份有限公司
地址：10667臺北市大安區復興南路二段237號13樓
電話：02-7710-7864　傳真：02-7710-7868
臉書：https://www.facebook.com/AZUREPUBLISH/
讀者服務信箱：azurebks@gmail.com

總 經 銷／大和書報圖書股份有限公司
地址：24890新北市新莊市五工五路2號
電話：02-8990-2588

法律顧問／眾律國際法律事務所　著作權律師／范國華律師
電話：02-2759-5585　網站：www.zoomlaw.net

印　　刷／世和印製企業有限公司
定　　價／台幣300元
初版一刷／2018年7月
ISBN 978-986-95814-3-1

版權所有・翻印必究
本書若有缺頁、破損、裝訂錯誤，請寄回更換。

國家圖書館出版品預行編目（CIP）資料

天使穿過你我之間 : 台北愛情故事 / 伍臻祥著 .
-- 初版 . -- 臺北市 : 蔚藍文化 , 2018.07
面； 公分
ISBN 978-986-95814-3-1（平裝）

857.63 107007533